아퀼라의 그림자

아퀼라의 그림자

듀나 연작소설

YODA FICTION 07

요다

* **작품별 출처**

「아퀼라의 그림자」, 『이웃집 슈퍼히어로』, 황금가지, 2015. 3. 27
「마지막 테스트」, 『복수는 나의 것』, 탐, 2016. 5. 6
「캘리번」, 『근방에 히어로가 너무 많사오니』, 황금가지, 2018. 9. 5
「아레나」, 『SF 보다』 Vol. 2 벽, 2023. 10. 31
「모두가 세니를 사랑했다」, 『아퀼라의 그림자』, 요다, 2025. 2. 13
「글로우의 영광」, 『아퀼라의 그림자』, 요다, 2025. 2. 13

"우리는 한 팀입니다."

— 〈에이핑크 뉴스〉

아퀼라의 그림자

1.

고기 타는 냄새가 방 안에 진동했다. 나는 소매로 코를 막고 황동 테이블 주변 바닥에 흩어져 있는, 꽈배기처럼 뒤틀린 숯 덩어리의 수를 세어보았다. 열, 열하나, 열둘. 열세 번째 숯 덩어리는 테이블 밑에서 다리를 안고 앉아 있어서 한참 뒤에야 찾을 수 있었다.

주호는 맞은편 왼쪽 벽 모서리에 박혀 있던 아홉 번째 숯 덩어리였다. 김영천 회장이 어디 있는지는 알 수 없었다. 몸에 불이 붙자 방 안에 있던 영감들은 미친 것처럼 문을 향해 돌진했고 밖으로 잠긴, 정확히 말해 밖에서 용접된 자물쇠를 열거나 부수려 시도했다. 열세 명 중 여덟 명이 문 앞에서 죽었고, 배배 꼬인 채 뒤엉킨 숯 덩어리들의 신원을 맨눈으로 구별하는 것은 어려웠다.

아직도 벽에 달린 스피커에서는 옛날 유행가가 나오고 있었다. "텔 미, 텔 미, 텔 미. 자꾸만 듣고 싶어, 계속 내게 말해줘." 끄고 싶었지만 최 팀장은 현장 보존 때문에 안 된다고 했다.

"설명해줘."

식당에서 나오자마자 최 팀장이 말했다.

"저 늙은이들이 열다섯 살짜리 어린애와 바지 벗고 뭐 하고 있었던 거야?"

나는 주변을 둘러보았다. 매캐한 연기 너머로 보이는 건 벽과 창문뿐이었다. 동료 경찰들은 다들 눈치를 보며 사라지고 없었다.

"사람들이 알면 곤란한 거."

내가 대답했다.

"영감들이 다 저런 취향이었던 거야?"

최 팀장은 이해가 안 된다는 듯 얼굴을 찌푸렸다.

"주호는 감응력자였어. 좋은 감응력자가 있는데 굳이 진짜 여자가 필요했을까."

"열다섯 살 남자애에게 포르노 도구 짓을 시켰단 말이잖아. 너도 그걸 알고 있었고."

"몰랐어. 그런 걸 나한테까지 알려줄 거 같아? 하지만 난 주호가 무얼 할 수 있는지 알아. 저 영감들이 어떤 인간들인지도 알고. 아무리 세상이 이상해도 1 더하기 1은 여전히 2야. 그렇지 않아?"

'어떤 인간들.' 그래, 나는 그들이 어떤 인간들인지 알고 있었다. 하지만 수십 년 동안 영감질 하느라 끈적끈적 말라붙고 시들어빠진 그들의 초라한 욕망 위에 우쭐거리는 열다섯 살 아이의 생명력을 들이붓고 싶었던 게 그렇게 탓할 일일까. 여전히 처량하고 수치스럽고 우스꽝스러웠지만 이미 숯 덩어리가 된 영감들을 욕할 생각은 안 들었다.

"넌 회장 일정을 몰랐다. 하지만 라스푸틴은 알고 있었단 말이네? 회사에 스파이가 있었을까?"

최 팀장이 말을 이었다.

"그럴지도. 아니면 저 사람들 중 하나를 미행했던 건지도 모르고. 그건 경찰이 알아내야지."

"텔레파시 같은 걸로 알아냈을 수도 있어?"

"정신감응이 영화 속에 나오는 것과는 다르다는 걸 알잖아. 라스푸틴에게 그 정도 수준의 감응력자가 있을 리가 없어. 우리도 없는데. 그냥 다른 데를 알아봐."

우리는 이미 복도 끝에 와 있었다. 최 형사가 문을 열자 누런 저녁 햇빛이 기어 들어왔다. 나는 눈을 껌뻑이며 밖으로 나와 참사가 벌어진 빌딩을 돌아보았다. 지그재그 모양으로 부서진 유리창과 그을린 벽만 봐도 라스푸틴과 부하들이 어떤 경로를 따라 들어왔다가 나갔는지 짐작할 수 있었다.

"라스푸틴까지 포함해서 아홉 명이었어."

최 팀장이 패드를 내밀어 CCTV 영상을 보여주었다.

"지금까지 라스푸틴이 이렇게 대놓고 대규모로 움직인 적은 없었어. 그것도 이런 대낮에. K-포스와 아미쿠스의 임원 열두 명을 한꺼번에 날려버렸으니 해볼 만한 일이겠지만 그래도 비정상적이야. 라스푸틴에게 우리가 모르는 뭔가가 있는 거 아냐?"

나는 고개를 저었다. 그 제스처는 그렇지 않다는 뜻으로도, 나도 모른다는 뜻으로도 해석될 수 있었다. 하지만 의미 같은 건 없었다. 나는 피곤했고 머리가 텅 비어 있었다. 지난 닷새 동안 잠잔 시간을 다 합쳐도 한 시간이 못 됐다. 약이 뇌를 속이는 데에도 한계가 있었다.

검정색 밴 다섯 대가 도착했다. 모두 K-포스 것이었다. 아미쿠스 팀은 원효대교에서 길이 막혔다고 했다. 검은 유니폼을 입은 베타 보안 요원들이 우르르 기어 나와 빌딩 안으로 들어갔다. 차에 박힌 로고를 보고 몰려든 사람들은 실망의 한숨을 내뱉었다. 그들이 기다렸던 알파들은 당연히 없었다.

보안 요원들과 함께 내린 회사 직원이 준 카페인 강화 음료를 억지로 들이켜며 뉴스를 검색했다. 김영천이 여의도 한식집에서 불에 타 죽었다는 소식은 이미 전 세계를 돌고 있었다. 인

14

공지능이 작성한 게 빤한 부고들도 툭툭 튀어나왔다. 김영천의 못생긴 얼굴보다 더 인기 있는 건 그보다 더 못생긴 라스푸틴의 사진이었다. 코끼리 가죽을 뒤집어쓴 것 같은 회백색 대머리 괴물. 대부분 1년 전 CCTV에 찍힌 것이었다. 글로우의 지나가 지난여름 안산 대전투에서 얼굴에 낸 대각선의 상처는 어느 사진에도 없었다.

뉴스들을 훑다가 인터넷 토론 프로그램과 마주쳤다. 화면을 모자이크 모양으로 채운 여섯 개의 얼굴들이 이번 사건에 대해 토론하고 있었다.

"…이것으로 라스푸틴 음모론은 격파되었다고 할 수 있지 않겠습니까?"

왼쪽 중앙 화면의 턱수염을 기른 인도 남자가 카메라에 침을 튀기며 말하고 있었다.

"대치동 백발마녀의 자폭 이후 관심을 끌 만한 빅 배드가 없었던 건 사실입니다. 하지만 3대 회사들이 작당해서 라스푸틴을 빅 배드로 키웠다는 건 말이 안 돼요. 빅 배드를 키우는 게 회사 임원들을 불태워 죽여도 될 정도로 중요했단 말입니까?"

오른쪽 밑에 있는 불어 억양의 흑인 남자가 심드렁한 얼굴로 끼어들었다.

"통제에서 벗어난 것일 수도 있지 않습니까. 빅 배드가 어디로 튈지 누가 압니까?"

"남한 격리가 20년이 넘어갑니다. 그 사람들은 20년의 노하우가 있어요. 해야 할 일과 하지 말아야 할 일 정도는 안단 말입니다. 그런 사람들이 그렇게 어디로 튈지도 모르는 괴물들을 시청률 높이겠다고 일부러 풀어요? 지난 한 달 동안 라스푸틴이 무슨 일을 저질렀는지 잊었습니까? 고아원과 학교를 불 질렀어요! 애들이 죽었어요! 그게 저 나라 사람들에게 무슨 의미인지 모릅니까?"

"그렇다면 지난 반년 동안 아퀼라가 라스푸틴과 붙은 적이 한 번도 없었던 걸 어떻게 설명합니까? 저번 리더가 죽은 건 핑계가 안 돼요. 그게 언제 일인데. 그리고 지금까지 라스푸틴과 붙은 K-포스 팀은 그 공기놀이하는 여자애들밖에 없어요!"

토론은 나머지 다섯 명이 내는 "우우우!" 하는 야유 소리로 잠시 중단되었다. 글로우를 모욕하는 것은 위험한 일이었다.

그 주장은 부당했다. 빅 배드 양성은 말도 안 되는 소리였다. 글로우와 라스푸틴이 막판에 맞붙은 안산 대전투는 세 회사의 자원이 총동원된 엄청난 전쟁이었고 우리가 바란 건 적들의 신속한 죽음뿐이었다. 하지만 라스푸틴은 죽지 않았다. 그래서 별명이 라스푸틴이었다. 러시아인도 아니었고 팔뚝만 한 물건을 다리 사이에 달고 있지도 않았다. 오로지 죽여도, 죽여도 죽지 않았기 때문에 라스푸틴이었다.

그런 괴물이 지금 서울 어딘가에 숨어서 우리를 노리고 있는 것이다.

최 팀장이 다가와 내 멍한 눈 앞에 손을 휘저었다.

"회사와 대충 입을 맞췄어. 죽은 생도 이야기는 기자회견 전 까지는 묻어둘 거야. 두 시간 정도 남았으니까 그동안 나머지 이야기를 만들어둬. 재료가 없지는 않아."

"어떤 거?"

"라스푸틴이 그 애만은 봐줬어. 영감들은 불태워 죽였지만 애만은 불 지르기 전에 척추를 부숴놨어. 거의 안락사였어. 부 하 짓이었을지도 모르지. 그래도 이야기 재료는 되지?"

"그럴 거야. 고마워. 부탁이 있으면 언제든지 말해."

"시간 나면 글로우 소미 사인이나 받아줘. 남편이 갖고 싶 대."

2.

상암동 K-포스 본사 건물 분위기는 엉망이었다. 훈련복을 입은 생도들이 웅성거리며 로비와 복도로 몰려나와 뉴스와 소 문을 교환하고 있었고 데스크의 직원들은 넋이 나가 있었다. 건물을 둘러싼 기자들에게 전기 방패를 휘둘러대는 보안 요원 들은 모두 살짝 미친 것 같았다.

나는 회사 안 상급 그림자들이 모여 있는 12층 회의실로 올라갔다. 회의는 절반 정도 진행된 상태였다. 나는 차 안에서 최팀장한테서 받은 정보를 전달했고 이야기 아이디어 서넛을 내놓았다. 글로우 팬픽 작가 출신인 박인희가 회의 중 나온 이야기를 종합해서 그럴싸한 이야기를 하나 만들었다. 아이디어 대부분은 주호가 영감들만 모인 식당 안에서 무얼 하고 있었는지 설명하는 데에 할애되었다. 회의실에 도착했을 때 박인희는 이미 마무리한 이야기를 다듬고 있었고 다섯 명의 작가들이 조금씩 다른 이야기들을 만드는 중이었다. 어차피 터질 소문이었으니 우리가 선수 치는 것이 나았다.

"이제 아퀼라와 라스푸틴을 대결시킬 때가 됐어."

나는 의자에 앉자마자 말했다.

"더 이상 피할 수도 없어. 보스가 죽었고 주호도 죽었으니 더 이상 핑계도 없어. 멤버들도 이제 마음의 준비가 되었을 거고."

"이번에도 글로우를 대신 보내면 안 되나? 해외 인지도는 글로우가 더 높은데? 그렇게 이상하게 보이지도 않을걸."

은근슬쩍 보스 의자를 차지하고 앉은 김세훈이 말했다. 얼굴은 일그러져 있었지만 목소리엔 슬픔이나 충격의 흔적이 느껴지지 않았다. 몇 시간 전에 아버지가 환각 파티에서 불타 죽은 건 그냥 까다로운 회사 문제에 불과하다는 투였다. 일그러진 얼굴도 그냥 예의 차림 같았다. 하긴 서툴게 가짜 감정을 연기하느니 그 정도로 멈추는 게 나았다.

"전투에는 글로우, 스틱스, 오리온 기타 등등 다 보내야지. 준비된 생도들이 있으면 걔들도 다 보내고. 하지만 마지막 결전에는 아퀼라가 나서야 해. 그래야 지금까지 아퀼라가 라스푸틴과 싸우지 않은 게 설명이 돼. 결전을 위해 때를 기다리고 있었다는 식으로. 이번 사건으로 라스푸틴은 이제 서울 최대 빅배드가 됐어. 계속 피하고 있으면 그림이 이상해져."

"라스푸틴 정도는 우리도 해치울 수 있어, 언니."

글로우 그림자의 리더인 안수진이 툴툴거렸다.

"알아. 저번 여름 때도 잘했어. 하지만 결국 놓쳤잖아. 캔디 공격은 접근전엔 한계가 있어. 그리고 지금 우리에게 필요한 건 접근전이야. 복수전이라는 걸 잊지 마. 아미쿠스와는 달리 우린 보스를 잃었어. 회사를 대표하고 접근전이 특기이고 보스와 가장 친밀한 팀이 나서야지. 아퀼라엔 고요가 있어. 글로우도 접근전이 가능하겠지만 그럴 경우 라스푸틴을 마지막에 상대하게 되는 게 누구지? 미라솔이야. 미라솔이 보스의 복수를 하는 그림을 상상할 수 있겠어?"

당연한 이야기인데도 다른 그림자들을 설득하는 데에 30분 이상 더 걸렸다. 졸음과 카페인 모두와 맞서 싸우느라 머리가 제대로 돌지 않았기 때문이기도 했고 내가 아퀼라 그림자의 리더라는 사실이 설득에 큰 도움이 되지 않았기 때문이기도 했다. 수진은 내가 글로우를 만들었기 때문에 멤버들을 과보호한다고 따졌다. 그런 면이 없지는 않다. 하지만 지금은 사정이 다르지 않은가.

의견이 받아들여지자 나는 허겁지겁 회의실에서 달아났다. 복도 천장에 걸린 모니터에서는 기자회견 생방송이 나오고 있었다. 한자경 부대표는 주호가 식당에서 늙은이들을 구하기 위해 혼자 어떻게 싸웠는지 이야기하고 있었는데, 그 말을 몇 명이나 믿을지 알 수 없었다. 우리가 성공으로 잡은 하한선은 30퍼센트였다.

한 대표 뒤로 고요, 미라솔, 산주, 수연의 얼굴이 보였다. 배경 그림 만들려고 시간에 맞추어 회사로 불러들일 수 있는 알파들을 모두 끌어온 것이다. 고요는 엉엉 울고 있었고 미라솔은 슬픔이 살짝 깔린 무표정한 얼굴로 아랫입술을 가볍게 물고 있었다. 카메라는 대부분 미라솔을 잡았다. 통제되지 않은 진짜 감정보다 완벽하게 연기된 처연함이 더 그림이 좋았다.

사람들은 미라솔 그린-최가 얼마나 김영천을 증오하는지 모른다. 그건 김영천도 몰랐다. 그 사람이 한 일이라곤 싹수가 보이는 알파를 아미쿠스나 HJS가 건드리기 전에 K-포스로 데려오는 것이었다. 일상 업무였다. 하지만 부모 잃고 낯선 땅에 감금되어 괴물로 키워진 아이에게 넓은 아량 같은 것을 기대해서는 안 된다.

내가 글로우 팀을 짤 때 미라솔을 가장 먼저 염두에 두었던 것도 예의 바른 미소 속 증오를 눈치챘기 때문이었다. 미라솔을 중앙에 넣고 나니 팀에 넣어야 할 나머지 아이들 얼굴이 자연스럽게 떠올랐다. 특성화도 제대로 되어 있지 않은 부적응자 생도들을 모아 회사를 대표하는 A급 팀을 만드는 것. 그것은 김영천에 대한 나의 작은 복수이기도 했다. 사람들은 도약자, 방어자, 발화자 등 역할 분담이 뚜렷하고 건강한 이미지의 아퀼라가 K-포스의 양이고, 애교 없고 뻐딱한, 능력도 정체불명인 글로우는 음이라고 했다. 그건 아직도 음양 어쩌구가 이 나라에서 의미가 있다고 생각하는 서양 애들의 생각이었지만 틀린 말은 아니었다.

수면실이 있는 2층 복도에서 지나와 마주쳤다. 공식 행사에 다녀왔는지 베이지색 코트 틈 사이로 회사에서 지정해준 가짜 교복 세트의 네이비 블레이저와 벨크로 패드에 고정된 보라색 부직포 스트링 타이가 슬쩍 보였다. 머릿속에 도는 온갖 감정들이 조금씩 드러난 하트 모양 얼굴은 오묘하게 무표정해 보였다. 한동안 우리는 우두커니 서서 서로를 바라만 보았다.

"정말 주호가 죽었어요?"

지나가 간신히 입을 열었다.

"응."

"같이 간 베타들은 어떻게 됐고?"

"다들 많이 다쳤지만 죽은 사람은 없어. 아미쿠스 쪽 사람 한 명은 전신 화상을 심하게 입었다는데 살 수는 있을 거래.”

“그래도 주호를 죽인 거잖아요.”

“맞아. 라스푸틴이 주호를 죽였어.”

몇 시간 전부터 알고 있던 사실이지만 직접 말하고 나니 이상했다. 몇 개월 전부터 라스푸틴은 무슨 일을 저질러도 이상하지 않았다. 하지만 주호를 죽이다니. 그건 그냥 초현실적이었다.

지나는 지금까지 코트 주머니 안에서 만지작거리고 있던 연습용 고무공을 꺼내 집어던졌다. 공은 휘청거리는 곡선을 그리며 퉁겨 다니다가 다시 지나의 왼손 안으로 들어왔다. 공은 손과 함께 주머니 안으로 들어갔고 지나는 말을 이었다.

“수진 언니가 접근전에 대비하라고 문자를 보냈어요. 주호를 죽였다면 아퀼라를 작정하고 도발하는 거잖아요. 함정이에요.”

“아니면 함정이라고 생각하게 하거나. 어느 쪽이건 사정은 달라지지 않아. 어차피 세 회사가 모두 나서야 하는 전쟁이야. 누가 선두에 서건 큰 차이는 없어. 잊지 마. 어느 전쟁이건 3분의 2는 그림자 몫이야.”

지나는 어이가 없다는 듯 코웃음을 쳤다.

“선두에 서서 죽고 다치는 건 여전히 우리예요. 벌써 잊었어요?”

22

3.

　김영천을 처음 만났던 건 지금으로부터 19년 전 크리스마스 이브였다. 대구 도시 철도 5호선 지하 구간 공사 중 묻혀 있던 프로스페로 생태계가 발견된 지 376일째, 이후 발생한 적사병으로 제주도와 몇몇 섬을 제외한 대한민국의 영토가 전 세계로부터 격리된 지 362일째, 살아남은 보균자들 중 첫 번째 알파가 발견된 지 353일째 되던 날이었다. 남한 인구의 3분의 1이 진홍색 반점으로 물든 채 피를 토하며 죽었고, 고삐 풀린 알파들이 대통령을 포함한 선출직 공무원과 언론인을 닥치는 대로 살해하는 바람에 민주주의는 붕괴된 지 오래였다.

　서초경찰서 안의 창 없는 방이었다. 노약자석에 뿌리를 박고 불타버린 늙은 남자 시체 둘, 성경책을 쥐고 문가에서 울부짖고 있는 늙은 여자 하나, 온몸의 뼈가 부러진 채 비명을 지르고 있던 세 알파들 사이에서 기절해 있던 나를 승객 하나가 연기가 가득 찬 객차에서 끄집어냈고 양재역으로 달려온 경찰들이 거기로 데려왔다.

　방 안에서 간신히 정신을 차렸지만 소화 불량 때문에 속이 안 좋았고 현기증이 났다. 알파가 된 지 석 달 가까이 되었건만 내 소화 기관은 아직도 내 몸에 성인 남자의 세 배에서 일곱 배 사이의 열량이 필요하다는 사실을 인정하지 못했다. 나는 테이블 맞은편에 앉은 못생긴 중년 남자의 시선을 피하면서 형사가 준 단맛 줄인 고칼로리 주스를 억지로 마셨다. 연예계 가십에 관심이 없던 나는 그 사람이 누군지 몰랐다. 경찰서에 있으니 그냥 형사려니 했다.

"사람을 죽여본 적 있니?"

김영천 회장이 나에게 던진 첫 질문이었다.

그렇다고 대답해도 됐다. 알파들은 치외법권 지대에 있었다. 죽였다고 한들, 시체 사진을 인터넷에 올리고 자랑한들, 어떻게 입증하고 처벌하겠는가. 하지만 사실이 아니었다. 서울 시내는 길 가던 노인들의 목을 자르고 불을 지르는 살인 중독자 알파들로 부글거렸지만 난 살인자가 아니었다. 적어도 그때까지는.

어이가 없는 일이었지만 남부터미널역과 양재역 사이를 질주하던 수도권 3호선 지하철 객차 안에서 윤리 체계에 따라 행동했던 건 내가 아니라 노약자석에 앉은 영감들을 불 질렀던 망나니들이었다. "늙은이들을 죽여라." 이것은 우후죽순처럼 튀어나오는 알파 살인 중독자들의 윤리 체계를 이루고 있었다. 처음에 노인은 그냥 쉬운 표적이었다. 하지만 살인이 반복되자 노인 살해는 순식간에 "죽이려면 기왕이면 늙은이를 죽여라"라는 의미가 되었고 그것은 곧 "늙은이들은 죽여도 좋다"를 거쳐 "늙은이들을 죽여라"로 변형되었다. 여전히 아무 상관 없는 사람들을 무참하게 살해하는 것은 같았지만 이제 그것들은 암

묵적인 윤리 체계에 따라 용납되었고 지지되었다.

　나의 행동으로 말할 것 같으면 윤리 따위와 아무 상관 없었다. 앞 칸에서 비명 소리가 들리고 사람 몸에서 나는 역겨운 연기가 흘러 들어왔을 때 처음 든 생각은 드디어 내 힘을 써먹을 수 있다는 것이었다. 알파가 되어 염력이 생기자, 나는 길거리로 나와 노인들을 죽이는 대신 뜯지 않은 과자 봉지와 장난감을 이용해 힘을 최대한 정교하게 쓰는 방법을 연구했고 그를 통해 스스로를 훈련시켰다. 염력은 피아노 선물과 같았다. 그냥 건반을 주먹으로 내리쳐 큰 소리를 내는 것만으로 만족할 수 없었다. 음악을 연주할 수 있어야만 했다.

　영감들을 불 지르던 망나니들은 내가 쇼팽을 연주하길 기다리는 피아노 건반이었다. 몇 달 전까지만 하더라도 저런 부류의 인간들은 내가 알아서 피했겠지만 그때는 달랐다. 두 명은 쉽게 해치울 수 있었고 세 명도 넉넉하게 가능했다. 등 뒤에서 성경을 벽돌처럼 휘두르며 시편 23편을 암송하던 할머니의 방해가 없었다면 더 쉬웠을 것이다. 그들을 죽일 생각은 처음부터 없었다. 죄의식 때문이 아니었다. 산 채로 온몸의 뼈를 부러뜨리고 근육을 찢고 내장을 매듭지어 무력화하는 것이 죽이는 것보다 훨씬 어려웠고 그렇기 때문에 더 재미있었다. 내가 유일하게 계산하지 못했던 것은 에너지 소모량이었다. 세 번째 녀석을 쓰러뜨리고 정신을 잃어갈 때 난 솔직히 많이 쫄팔렸다.

"아뇨."

내가 대답했다.

"네 말을 믿어."

잠시 주스 팩을 쥐고 있는 내 손을 바라보던 김영천 회장은 갑자기 화제를 돌렸다.

"기게스의 반지에 대해 알고 있니?"

헛웃음이 나왔다. 만화책으로 그리스 신화 배운 세대 티를 내시나? 난 대답하지 않았고 그 침묵을 "아뇨"로 읽은 회장은 말을 이었다.

"기게스는 전설에 나오는 리디아의 목동이야. 우연히 투명인간이 되는 반지를 주워서 왕을 죽이고 그 자리를 차지했지…."

"플라톤이 『국가』에서 그 이야기를 했지요. 만약 평범한 사람이 자기 행동에 책임을 질 수 없다면 세상이 어떻게 될 거냐면서요. 대학에서 알파 범죄를 G 범죄라고 부르는 것도 그 때문이고요. 기게스. 책임을 지울 수 없는 범죄."

"맞아. 경찰은 속수무책이야. 무력으로 막을 수도 없고 체포한다고 해도 책임을 물을 수가 없어. 지금 이 나라는 지옥이야. 이 문제를 어떻게 해결해야 할까?"

회장은 미소를 지었다. 지나치게 자연스러워 비슷한 상황 속에서 수없이 반복되었음이 분명한 그런 미소.

"아저씨가 막나요?"

"아니, 너희들이 막아. 아까 같은 상황에서도 불쌍한 할머니를 도와주러 나서는 너 같은 알파들이. 알파들이 무너뜨린 사법 체계의 빈틈을 다른 알파들이 채우는 거지. 아무런 능력 없는 나 같은 사람들은 그냥 뒤에서 지원이나 해주고."

마지막 말은 반쯤 농담이었지만 나는 알아듣지 못했고 회장도 내가 알아듣지 못했다는 사실을 몰랐다. 아까도 말했지만 난 내 앞에 앉은 남자가 1년 전에 붕괴되어버린 한국 연예계의 큰손이라는 걸 몰랐고, 그쪽도 내가 그 정도로 무식할 거라고는 생각하지 못했다.

김영천 회장의 계획이 내가 생각했던 것과 조금 다른 종류의 것이라는 사실을 알게 된 건 어떻게 그렇게 빨리 찾아왔냐고 내가 순진하게 물었을 때였다. 막 방을 나가려던 회장은 당연하다는 듯 어깨를 으쓱하며 이렇게 대답했다.

"지금까지 CCTV에 걸린 알파들 중 네가 가장 예뻤어."

4.

지금 김영천과 양주호는 한 줌의 다이아몬드다. 나는 이제 정식 대표가 된 한자경과 함께 화장터에서 나온 뼛가루가 흐릿한 블루 다이아몬드가 되고 가장 큰 덩어리가 라운드 브릴리언트 컷으로 깎일 때까지를 꼼꼼하게 확인했다. 각각의 다이아몬드는 나머지 조각들과 함께 홀로그램 사진이 든 작은 유리 상자 속으로 들어갔고 회사 지하 3층에 있는 납골당에 안치되었다.

이번 장례식은 15개월 전 있었던 양인호의 장례식 때보다 조용했다. 죽은 회사 임원 대부분은 별 존재감이 없었다. 지금 알파 히어로 산업의 창시자인 김영천은 팬들에게 거의 신적인 존재였지만 이미 이 세계는 그 사람이 없이도 잘 굴러간 지 오래되었으며 그렇게까지 사랑만 받는 사람도 아니었다. 팬들이 가장 슬퍼했던 건 주호의 죽음이었다. 아직 생도였지만 사람들은 인호의 동생을 그렇게 쉽게 잊지 않았다. 온라인 납골당에 올라온 애도 메시지 70퍼센트는 주호 것이었다.

김영천의 것을 제외한 상자는 모두 49개. 19년 동안 1년에 두 명 이상 죽어나간 것이다. 하지만 단순한 평균이 대부분 그렇듯 이 숫자 역시 보기만큼 간단하지 않다. 49명 중 14명은 그림자였고 이들은 모두 전투가 아닌 알파 부작용으로 병사했다. 이들을 지우면 알파들은 1년에 1.8명 조금 넘는 숫자가 죽은 셈인데, 이 역시 사실과 다르다. 우리가 블루 스펙터스로 활동을 시작한 뒤로 5년 동안은 사망자가 없었다. 리스트는 윤세니가 죽고 블루 스펙터스가 해체되고 다른 팀들이 결성된 뒤에야 시작되었다. 단독 행동하던 알파 범죄자들이 길드를 조직하기 시작한 것도 그 무렵이었다.

가장 충격적인 어린 시절의 기억이 뭐냐고 물으면 아직도 많은 사람들이 세니의 죽음이라고 말한다. 김세훈에게 안티가 많은 이유도 그 때문이다. 길 가는 아무나 잡고 물어보라. 다들 김세훈이 그렇게 비겁하게 굴지 않았다면 세니가 지금도 살아 있었을 거라고 말할 것이다. 김세훈이 상황을 반전시킨답시고 세니가 자기 여자 친구였다는 헛소리를 하고 다니면서 안티는 더 늘어났다. 그 이후로 회사는 더 이상 혼성팀을 만들지 않았다.

주호 상자의 다이아몬드 가루가 쌓인 모양이 마음에 들지 않은 나는 유리창 앞에서 검지를 휘저었다. 가루는 에펠탑 모양으로 떠올랐다가 계곡 모양으로 가라앉았다. 내가 아직도 알파였다면 부릴 수 없는 재주였다.

팬픽 작가들은 어렸을 때 알파였다가 에너지의 수명이 다해 베타로 주저앉은 사람들이 주인공인 비극적인 이야기를 만드는 것을 좋아한다. 그들은 알파로 사는 것의 대가가 어떤 것인지 모른다. 염력 에너지는 완벽하게 통제하기 불가능해서 근육과 신경은 수시로 고장 난다. 식사 장애, 수면 장애는 말할 것도 없다. 그것도 회사의 의사들이 주는 수십 종의 약을 매일 먹어야만 간신히 버틸 수 있는 '일상'인 것이다.

회사는 거짓말을 하지 않는다. 단지 이 모든 문제가 거의 해결된 척 우쭐거릴 뿐이다. 어쩌겠는가. 회사가 공식적으로 팔아먹을 수 있는 것은 이미지다. 7, 8년 동안 초능력으로 환하게 불타오르는, 10대 후반에서 20대 초반 아이들의 예쁘장한 이미지.

더 이상 그들 중 한 명이 아니라는 게 얼마나 다행스러운 일인가.

통제실이 있는 2관으로 가는 길에 깃발 든 안내인을 따라 행진하던 한 무리의 여자아이들과 로비에서 마주쳤다. 초등학생에서 중학생 사이. 내 얼굴을 알아본 몇 명이 시선을 획 돌리며 키득거렸다. 나는 그들이 어떤 나를 보고 있는지 궁금했다. 블루 스펙터스 시절 때부터 팬들과 팬픽 작가들이 만든 나의 캐릭터는 거칠게 나누어도 수십 개가 넘는다. 그중 가장 인기 있는 것은 내가 아퀼라 멤버들 위에 군림하는 도미나트릭스라는 것이다. 그걸 진짜로 믿는 애들이 장례식 때 고요가 나에게 보낸 문자를 봤다면 어떻게 생각했을까.

"준비됐어요. 거칠게 다뤄주세요."

회사에서 나에 대한 도미나트릭스 농담은 오래전에 유머를 잃고 무표정한 일상어로 굳어진 지 오래였다. 고요는 심각하기 짝이 없었다. 라스푸틴을 제거하기 위해서라면 목숨도 내놓겠어요.

상급 그림자 절반이 통제실에 모여 있었다. 현장에 나가 있거나 훈련 중인 그림자도 벽면을 가득 채운 모니터로 확인할 수 있었다. 회사는 이전의 활력을 되찾고 있었다. 3대 회사의 운명을 건 전쟁을 앞두고 있었지만 오히려 지금은 다들 시간이 넉넉한 편이었다. 라스푸틴이 큰일을 저지르자 지금까지 시끄러웠던 중소 길드들은 기가 눌렸는지 순식간에 조용해졌다. 유리 천장 위의 쓸모없는 늙은이들이 모두 불타 죽어버리자 회사는 재개편되었고 절반 이상이 승진했다. 적당히 늘어난 아드레날린과 수면 시간, 무엇보다 분명해진 목표 덕택에 분위기는 썩 좋았다.

화장실 문 옆 등 없는 의자에 쪼그리고 앉은 내 얼굴만 한 밀웜 버거를 씹으며 모니터를 노려보고 있던 회색 트레이닝복 차림의 거대한 근육 덩어리가 나에게 손을 흔들었다. 케네스 리였다. 초능력자가 나오는 옛날 만화책에 나왔다면 당연히 돌연변이 괴물과 미치광이 로봇을 맨손으로 때려잡을 상이다. 하지만 프로스페로 생태계에서 이전의 외모 기준은 더 이상 먹히지 않는다. 글로우를 대표하는 '근육'은 빼빼 마른 멤버들 중 가장 가냘프고 작은 미라솔이다. 염력으로 보통 사람의 열 배에서 스무 배가 넘는 가상 근육을 실제 육체에 덧씌우는 것이다.

켄은 반대였다. 녀석은 일급 감응력자였다. 미라솔의 두 배는 될 근육과 살덩어리가 섬세한 신경을 보호하고 있었다. 우리가 갖고 있는 가장 뛰어난 감응력자이기 때문에 종종 첩보

임무에 투여되기도 했지만 켄의 기본 업무는 LDG, 리틀 드러머 걸이었다. (이상한 일이지만 아무도 리틀 드러머 보이라고 부르지는 않는다. 그 이름도 안 맞는 건 마찬가지였겠지만.) 현장에 투여된 알파들의 심리적 연대를 강화하고 정보와 감정을 관리하며 다양한 능력을 하나의 리듬으로 묶는 것이 진짜 일이다. 전투의 지휘관인 셈이다. 3년 전 아퀼라의 그림자 팀을 맡을 때부터 녀석은 나와 아퀼라 멤버들을 연결해주는 거의 유일한 통로였다.

팬픽 작가들이 무슨 망상을 하건, 나는 아퀼라 멤버들을 직접 만나는 일이 거의 없다. 공식 행사에서나 가끔 얼굴을 볼 뿐이며 회사에서 마주쳐도 아는 척하지 않는다. 아퀼라뿐만 아니라 내가 그림자를 맡았던 다른 모든 팀의 경우도 마찬가지였다. 글로우처럼 직접 만든 팀의 경우는 그림자 리더를 맡지 않았다. 나는 그들에게 애착이 생길까 봐, 선입견 때문에 실수를 저지를까 봐 두려웠다. 나는 블루 스펙터스에서 겪었던 끔찍한 실수들을 반복하고 싶지 않았다.

멤버이건 그림자이건, 자기가 만든 이미지와 이야기에 속아 넘어가는 것만큼 위험한 일은 없다. 내가 의지하는 것은 숫자와 통계이다. 심지어 해결해야 할 문제점이 멤버 간의 갈등이라도 마찬가지다. 내 승률이 이를 증명한다. 나는 아퀼라를 상당히 막 다루는 편이지만 내가 그림자를 책임진 3년 동안 장례를 치른 건 인호뿐이다. 그리고 인터넷이 뭐라고 떠들건, 그것도 내 잘못은 아니었다.

회사 안에서 나만의 시스템을 만들고 그것을 회사 전체에 퍼트리기까지 거의 4년이 걸렸다. 내가 블루 스펙터스에서 쌓은 경험과 기술의 가치를 고려해보면 지나치게 길었다. 나를 막고 있던 건 김영천이 군대와 경찰에서 스카우트해 온 영감들이었다. 그들이 아무짝에도 쓸모없다는 건 모두가 알았다. 회사에서 필요한 건 영감들이 아니라 그들의 연줄이었다. 초능력이 있는 한 무리의 아이들만으로는 아무것도 할 수 없었다. 제대로 움직이려면 군대와 경찰의 인프라가 꼭 필요했다. 영감들의 단물을 다 빼먹고 이름만 그럴싸한 명예직으로 쫓아낼 때까지 걸린 시간은 내 시스템을 회사 전체에 적용하는 데에 들인 시간과 정확히 일치했다.

라스푸틴은 그 마지막 찌꺼기까지 소각해버린 것이다. 바이바이.

나는 통제실에 있는 아퀼라의 상급 그림자들을 통제실 옆 내 방으로 불러들였다. 현장 그림자들 그러니까 염력 보조팀, 켄을 제외한 감응력자 보조팀, 의료팀, 중계팀, 기술팀, 홍보팀, 신입 작가들은 모두 멤버들과 함께 안산에 가고 없었다. 나머지는 메인 작가들 그리고 관리팀과 첩보팀 소속이었다.

라스푸틴 추적은 비교적 순조롭게 진행되고 있었다. 여의도 사건에 참여한 일당들 중 다섯 명의 정체가 확인되었고 그중 두 명은 아미쿠스의 엘도라도 트리오가 체포했다. 체포된 애들 중 정우리라는 녀석은 심지어 AKX라는 군소 회사의 생도였다. 하긴 군소 회사와 일급 길드 사이의 경계선은 그렇게 뚜렷한 편이 아니다. AKX에서는 회사랑 무관한 단독 행위라고 주장하고 있지만 그 말을 믿는 사람은 거의 없었다.

"어쩌다가 강호의 의리가 이렇게 땅에 떨어졌나."

켄이 투덜거렸다.

"다들 사정이 안 좋잖아. 오히려 그 회사가 지금까지 인력 누출 없이 버틴 게 이상하지."

내가 말했다.

입 발린 말이 아니었다. 3대 회사를 제외하면 모두가 버티고 있는 것만 해도 신기하다. 알파 히어로 회사들뿐만 아니라 이 나라 사람들 대부분이 그렇다. 적사병과 대량 학살과 낮은 출산율 덕택에 남한 인구는 20년 동안 절반으로 줄었지만 우린 이전의 5분의 1도 안 되는 에너지와 자원으로 버티고 있다. 덕택에 대체 에너지, 도시 농업 분야에서 상당한 성과를 내고 있다. 물론 이 땅이 감옥이라는 사실은 바뀌지 않는다. 격리를 뚫으려면 일단 적사병으로부터 나라 바깥의 다른 사람들을 보호하는 방법을 알아내야 하는데, 프로스페로 생태계의 정체는 아직 오리무중이었다. 과학자들에게는 흥분되는 시기였지만 그런다고 하늘에서 돈이 떨어지지는 않는다.

정우리의 말을 들어보면 라스푸틴이 이 상황을 제대로 이용하고 있는 게 분명했다. 이 악당의 논리는 화려하고 설득력이 있었다. 3대 회사의 폐해는 단순한 엘리트주의 조장만이 아니라는 것, 3대 회사의 존재야말로 20년 동안 일어난 모든 테러와 내전의 원흉이라는 것, 우리를 없애고 모든 알파들을 공정하게 대해주는 새로운 시스템으로 관리해야 문제가 해결될 수 있다는 것. 정우리는 진지하게 자신이 라스푸틴이 이끄는 혁명군의 일원이라고 믿고 있었다.

우리는 3사 첩보팀과 의견을 교환해가며 마지막 작전의 이야기를 짰다. 이야기를 정하는 것은 교향곡 1악장의 조를 정하는 것만큼이나 중요했다. 일단 대외적 이야기와 그 밑에서 파생될 수 있는 서너 가지의 음모론을 결정해야 본격적인 계획을 짤 수 있었다. 이야기는 계획보다 더 중요했다. 전쟁의 목적은 라스푸틴을 제거하는 것이었지만 그러는 동안에도 우리의 이야기를 보호하고 과시해야 했다. 물론 라스푸틴도 그러는 동안 과시하고 싶은 이야기가 있으며 그건 이 전쟁을 지켜보는 팬들도 마찬가지다. 이들 중 어느 누구에게도 진실은 중요하지 않다. 자신이 지지하는 이야기가 살아남느냐가 더 중요하다.

사람들이 라스푸틴의 첫 번째 전투라고 생각하고 있는 인천공항 전투는 사실 네 번째였고 두 번째로 알려져 있는 유명

한 안산 대전투는 일곱 번째였다. 다섯 개의 이름 없는 전투가 그 사이에 숨어 있었다. 라스푸틴에게 이야기 따위는 줄 생각도 없었다. 하지만 아미쿠스의 어느 바보가 매번 살아남는 그 괴물을 '라스푸틴'이라고 부르는 걸 자칭 기자 한 명이 엿듣고 말았다. 싸워야 할 적이 둘이 된 것이다. 라스푸틴과 라스푸틴의 이야기.

많은 사람들이 안산 대전투를 라스푸틴의 승리담으로 기억한다. 하지만 상황은 생각만큼 간단하지 않다. 라스푸틴이 안산에서 저지르려 한 일은 대부분 실패로 끝났다. 어찌어찌 연구소까지 들어오긴 했지만 심어놓은 폭탄은 제거되거나 안전한 곳에서 폭발했고 한패였던 다섯 길드의 간부들은 그 과정 중 몰살당했다. 안산 대전투의 제1목표가 그들을 막는 것이었고 라스푸틴이 단순히 정보 제공자에 불과했다는 걸 고려해보면 그건 3대 회사의 승리였다.

아퀼라 대신 투입된 글로우의 입장에서 봐도 이건 대승리였다. 누군가는 "여자애들 공기놀이"라고 놀려댔고 지나치게 소도구와 잔재주가 많다는 비판을 받기도 했지만 캔디 공격은 오로지 글로우만 가능한 기술이었고 그 가치는 안산에서 완벽하게 입증되었다. 다섯 명의 글로우 멤버가 아홉 가지 기능을 가진 아홉 색깔 공 4,500개를 자유자재로 놀리면서 안산시청을 제압하는 광경은 700여 대의 드론에 의해 촬영되었고 지금까지 4,000개가 넘는 편집본이 나왔으며 이들의 조회수는 K-포스 관련 동영상 조회수의 7분의 1이다.

라스푸틴의 천재성은 이 상황을 역이용했다는 데에 있었다. 초라한 패전이었지만 자신이 유일한 생존자라는 걸 최대한 활용했다. 자신이 안산 대전투의 주역이었고 숨은 음모가 따로 있었다는 유언비어를 터트렸다. 패배 대신 세 회사의 집중 공격을 받았음에도 불구하고 완벽하게 탈출에 성공했다는 사실을 부각했다. 죽은 악당들의 빈자리를 신속하게 차지한 라스푸틴은 한 달도 못 되는 기간 동안 자그마치 열세 개나 되는 길드를 접수했다.

어이가 없었다. 어느 누구도 그 괴물이 이렇게 노련한 전략가처럼 행동하리라고 예상하지 못했던 것이다. 우리가 지금까지 쫓고 있던 외로운 늑대는 어디로 간 거지? 우린 기존의 프로파일을 재검토했지만 라스푸틴의 지금 행동을 예측할 수 있는 정보는 나오지 않았다. 김세훈은 정체불명의 누군가가 놈을 얼굴마담으로 쓰고 있을 수도 있다는 가설을 제시했다. 그럴싸했지만 그것도 아니었다. 그랬다면 행동 패턴 분석에서 드러났을 것이다. 답은 하나였다. 우리가 놈을 그렇게 만든 것이다. 그 암담한 사고 속에서 새로운 성격의 악당이 태어난 것이다. 우린 이것도 예상했어야 했다. 지난 세기 수많은 만화책들이 이를 예언하지 않았던가.

"아 우리 잘못이야. 우리가 괴물을 만든 거야."

안산 대전투가 끝난 날 밤, 한자경은 엉망이 된 연구실 바닥에 주저앉아 울먹였다. 나와 김세훈은 켄이 그려준 동선도와 간신히 남아 있는 CCTV 동영상을 해독하느라 그 칭얼거림을 받아줄 여유가 없었다. 한자경의 올곧은 태도는 회사에서 중요했지만 회사는 올곧을 수도 없었고 그래도 안 되었다. 브레이크는 중요하지만 브레이크만으로는 차가 가지 않는다. 그리고 자기가 진짜 말하는 것처럼 올곧기만 하다면 처음부터 이 회사에 있어서는 안 되지.

나에게 더 신경 쓰이는 것은 라스푸틴이 실험 이후 갑자기 제갈공명 뺨치는 전략가가 되었다는 게 아니라 자기가 가진 가장 큰 무기를 활용하지 않는다는 것이었다. 회사를 공격하고 싶다면 훨씬 간단하고 쉬운 길이 있었다. 하지만 놈은 허구의 이야기와 캐릭터를 만들며 빅 배드가 되는 더 어렵고 복잡한 길을 택했다.

"다른 길이 없잖아."

그때 김세훈이 했던 말이 기억난다.

"다른 사람들이 다 너처럼 생각하지 않아. 모두 이야기의 포로라고. 스스로 이야기를 만들고 그 주인공이 될 수 있다면 그러는 게 당연하지. 나라도 그러겠어. 지금 라스푸틴이 하는 걸 보면 회사에 복수하는 것은 오히려 핑계에 불과한 것 같지 않아? 하긴 회사에 복수할 게 뭐가 있나? 어린애도 아니고 처음부터 다른 사람들처럼 그냥 주어진 대로 살 일이지 왜 자원했다가 지금 와서 난리야?"

일리 있는 말이었다. 하지만 난 동의하고 싶지 않았다. 라스푸틴의 행동에는 그것만으로 이해할 수 없는 구멍이 있었다. 그리고 나는 아무리 그럴싸한 말이라도 김세훈의 입에서 나온 말은 그렇게 쉽게 믿고 싶지 않았다. 블루 스펙터스에서 5년 넘게 함께 일하면서 배운 교훈이었다. 김세훈이 하는 말은 심지어 오로지 선의와 진실만을 담고 있는 경우에도 기묘하게 비틀려 있었다. 그게 녀석의 한계였다. 물론 세니 때문이기도 했다. 블루 스펙터스의 팬들처럼 나 역시 세니의 죽음을 잊지 않고 있었다.

그러나 지금 나는 김세훈의 논리에 따라 움직이고 있었다. 아무리 숨은 의도가 있다고 해도 라스푸틴의 이야기는 라스푸틴보다 더 커져 있었다. 지금 그는 혼자가 아니었다. 자신을 지지하는 길드들을 통제하려면 이야기가 필요했고 그 이야기에 따르면 최후의 결전이 벌어질 곳은 안산이었다. 라스푸틴에게 저번에 파괴에 실패했던 안산 연구소야말로 죽음의 별이었다. 정확히 말하면 두 번째 죽음의 별.

선택의 여지는 있었다. 지지자들의 기대를 따르며 안산을 공격할 것인가, 아니면 그 기대를 배신하며 숨은 목적을 달성할 것인가. 물론 회사는 안산에 아퀼라를 보내 보스의 복수를 할 수도 있고 그것을 함정이라고 의심하고 다른 계획을 짤 수도 있다. 이미 전 세계 수많은 팬픽 작가와 서포터 들이 자기만의 이야기를 만들고 있었다. 아무리 배배 꼬인 음모가 숨어 있다고 해도 이들 중 한 명 이상은 맞을 것이다. 집단 예측은 촘촘하기 짝이 없어서 진실이 빠져나갈 구멍이 없었다. 심지어 라스푸틴의 정체를 정확히 밝힌 팬픽과 게시물도 80개 이상 검색에 걸렸고 그 수는 점점 늘어나고 있었다. 그중 다섯 편은 라스푸틴이 나나 아퀼라 멤버들을 잡아먹거나 우리가 그를 잡아먹으면서 끝났다. 블루 스펙터스 시절 때만 해도 알파 히어로 팬픽은 주로 연애와 섹스 이야기였다. 언제부터 카니발리즘이 재미있는 무언가가 된 것인가. 앞으로 무엇이 나올지 상상도 하기 싫었다.

"날짜와 장소가 점점 수렴되고 있어요."

모니터 너머에 있는 아미쿠스 사의 분석 전문가가 말했다. 그 여자 역시 이번 학살로 승진한 사람들 중 한 명이었다.

"이번 주 금요일 오후 4시 반에서 5시 사이에 전투가 시작될 가능성이 80퍼센트입니다. 장소는 여전히 안산이고요. 앞으로 가능성은 계속 높아질 것이고 오늘 밤까지 90퍼센트를 넘을 것으로 추정됩니다. 귀사나 HJS의 분석 결과도 봤는데 다들 마찬가지입니다. 이 정도면 라스푸틴이 휘두를 만한 자유의지는 거의 없다고 봐야죠. 이 안에서 라스푸틴이 어떤 음모를 꾸민다고 해도 안산 연구소 주변은 난장판이 될 수밖에 없어요. 이 이야기를 따르실 겁니까. 아니면 파괴 변수를 도입하실 겁니까. 어느 쪽을 택한다고 해도 우린 귀사의 입장을 존중하고 따를 겁니다. 귀사의 연구소이고 귀사의 팀이고 귀사의 복수니까요."

모두의 시선이 나에게로 쏠렸다. 나는 고민하지 않고 고개를 끄덕였다.

"그렇다면 아퀼라를 보내실 겁니까?"

분석 전문가는 다짐을 받아야겠다는 듯 꼼꼼한 어조로 물었다.

"네."

"좋습니다. 실망시키지 마세요."

5.

불타는 연구소에서 피어오르는 황갈색 연기가 서쪽 밤하늘을 잡아먹고 있었다. 희미한 사이렌과 흥분한 구경꾼들의 고함소리가 이 거리에서는 희미한 자장가처럼 들렸다.

나는 글로우 멤버들과 함께 이전엔 주공 아파트가 있었던 폐허 사이를 걷고 있었다. 미니 드론 스물네 대가 우리 주변을 맴돌고 있었지만 영상은 아직 본사로 중계되지 않았다.

다들 허겁지겁 갈아입은 사복 차림이었다. 사복이라지만 완전히 자유롭지는 않고 회사의 규칙에 따라 상대편 염동력자들의 무기가 될 수 있는 금속 핀이나 진짜 타이가 제거된 옷이다. 그 밑으로는 다들 얇은 내복 같은 전투 방어복을 입고 있었다. 팔공산 특공대 길드와 13대 1로 붙는 동안 소미의 왼팔에 금이 갔고, 현호와 현민 쌍둥이는 늘 그런 것처럼 함께 감응성 환청에 시달렸지만 오늘 전투의 스케일을 고려해보면 다들 멀쩡한 편이었다.

"…그렇다면 이번 전투엔 별점을 몇 개 주시겠습니까."

인터넷 라디오를 듣고 있던 미라솔이 엉터리 힌두어 억양의 영어로 말했다.

"다섯 개 만점에 세 개요? 시작은 장대했지만 결말은 초라하군요. K-포스가 그렇게 광고했던 복수전은 어떻게 된 겁니까?"

이어진 불어 억양 흉내는 좀 나았다.

"롤랑 쿤데?"

지나가 물었다. 미라솔이 고개를 끄덕이자 그녀는 혀를 삐죽 내밀었다.

"그 사람은 늘 우리 회사 점수를 짜게 주더라. 그래도 별 넷은 됐지."

"그 정도까지는 아니지. 아직 그 사람들은 진짜로 무슨 일이 일어났는지 모르잖아… 잠깐."

우리는 모두 걸음을 멈추고 라디오를 커프스 스피커로 돌리는 미라솔의 얼굴을 응시했다. 다소 흥분한 여자 목소리가 들렸다.

"…방금 확인된 소식을 전해드립니다. 라스푸틴과 싸우던 도중 중상을 입은 것으로 알려졌던 아퀼라의 리더 고요가 20분 전 사망했습니다. 다시 한번 말씀드립니다. 아퀼라의…"

미라솔은 스피커를 껐다. 소미는 헛기침을 했고 지나는 발끝에 걸린 돌을 걷어찼으며 쌍둥이들은 동시에 만화 주제가를 흥얼거리기 시작했다. 우리는 말없이 다시 걸음을 옮겼다.

"산주와 맥은?"

지나가 미라솔에게 물었다.

"산주는 이제 전투에 나가지 못할 거 같대. 요 몇 달 동안은 거의 베타나 다름없잖아. 켄이 잘 조율해줘서 버티고 있었지만 더 이상 도약은 무리지. 맥은 괜찮대. 이제 아퀼라는 7인조네."

"켄은 생도 중 아미르와 성후에게 눈독을 들이고 있던데. 어떻게 생각해요, 언니?"

나는 검지를 입에 대고 미라솔에게 쉿 소리를 냈다. 아까부터 왼쪽 귓속의 이어폰이 알람 소리를 내고 있었다. 눈앞에 널려 있는 불탄 아파트 건물 폐허 중 하나가 우리의 목적지였다.

쓰레기를 치우고 낸 엉성한 길이 반지하실 입구로 이어져 있었다. 우리는 천천히 계단을 내려갔다. 문 바로 옆 계단 난간에는 검붉은 오른손 자국 하나가 올라가는 방향으로 나 있었다. 새끼손가락이 이상한 각도로 뒤틀린 커다란 개구리 손. 라스푸틴이었다.

"베타 언니의 실력을 볼래?"

나는 문손잡이를 양손으로 감쌌다. 드라이버 핀들이 오르내리는 찰칵거리는 소리가 나면서 자물쇠가 풀리고 문이 열렸다. 작은 박수 소리가 들렸고 나는 가볍게 목례를 했다.

불을 켰다. 얼마 전까지만 해도 꽤 깔끔했을 것 같은 방은 피와 그을음으로 엉망이었다. 거실 한가운데에 전신 화상으로 신원을 구별하기 어려운 남자가 큰대자로 누워 신음하고 있었다. 우리 뒤를 따라 들어온 드론 중 열두 대가 시체 냄새를 맡은 파리처럼 그 남자에게 날아들었다.

"부끄러운 줄 알아, 김세훈."

내가 말했다.

"이미 192명이나 되는 사람들이 반년 전부터 네 계획을 예언했어. 그중 한 명은 여기 아지트 위치까지 맞혔어. 그게 누구지, 미라솔?"

"Runner8요. 팬픽 제목이 〈죽어라, 김세훈, 죽어!〉였어요."

"맞아, Runner8. 일이 정리가 되면 사은품이라도 보내줘야지."

김세훈이 입을 놀리며 말 비슷한 소리를 냈다. 나는 손짓 두 번으로 목을 막고 있던 핏덩이를 뽑아주었다. 몇 번 기침을 하던 놈은 그제야 간신히 사람 비슷한 소리를 냈다.

"예언한 게 아니야."

"그 망할 안티 년 글을 읽고 그대로 따라 한 거지. 해볼 만한 계획이었어. 문학적이잖아. 삶이 예술을 정확히 모방하고 나는 그 뒤에 숨는…."

"20세기엔 그랬겠지. 하지만 팬들의 집단 이성이 그 정도에 속아줄 거 같아?"

나는 주머니에서 대사를 적은 카드를 꺼냈다.

"지금 녹화되는 게 공개될 수 있을지는 모르겠어. 하지만 그렇다고 치고 따라잡지 못한 시청자들을 위해 요약 정리를 해볼게. 김세훈 너는 회사를 독차지하려고 라스푸틴을 시켜 아버지와 임원들을 죽였어. 일단 한자경이 대표가 되면 세력을 모아 무능력하다고 밀어내고 그 자리를 차지할 생각이었지. 라스푸틴이 지금까지 용케 우리 공격을 피할 수 있었던 것도 다 네가 준 정보 때문이었고. 여기서 편집을 위해 잠시 쉼표. 그리고 너에겐 더 큰 계획도 있었는데, 그게 실현되었다면 넌 히틀러와 스탈린을 다 합쳐도 발끝도 못 따라갈 대량 학살범이 되었을 거야. 안산 연구소에서 전투가 일어나는 동안 검역을 뚫고 라스푸틴의 부하들을 해외로 방출할 생각이었던 거지. 그런 식으로 회사의 활로를 뚫으려 한 모양인데, 미쳤냐? 겨우 그런 이유로 수십억을 죽여?"

"어, 언젠가는 일어날 일이야. 넌 지, 지금의 격리가 언제까지 먹힐 거라고 생각해?"

"어차피 넌 성공할 수 없었어. 라스푸틴의 행동 패턴 분석 결과가 계속 단독 행동으로 나왔던 걸 기억해? 넌 그냥 운이 좋았다고 생각하고 우쭐거렸겠지만 아니었어. 라스푸틴은 처음부터 너 따위는 공범자라고 생각하지도 않았어. 라스푸틴 같은 빅 배드를 네 맘대로 부릴 수 있다고 믿었다니 너도 참 철이 없지.

지금 네 꼴을 봐. 라스푸틴은 널 싫어했어. 넌 처음부터 회사의 실패작이었어. 심지어 낙하산이어서 그랬던 것도 아니야. 따지고 보면 세나나 찬우도 낙하산이었지만 아무도 뭐라 안 했어. 넌 그냥 김세훈이어서 실패했어. 아, 이런 말을 해서 뭐 하나. 어차피 공개되지도 못할 텐데. 네 계획은 이 이야기에서 맥거핀에 불과해. 회사 작가들이 네 수준에 어울리는 다른 계획을 써주겠지… 뭐?"

김세훈은 온몸의 힘을 혀와 입술로 모아 아까 했던 말을 반복했다. 여전히 소리는 안 들렸지만 입술을 읽을 수는 있었다.

'날 잡아먹을 차례야.'

어이가 없어진 나는 혀를 찼다.

"실망시켜드려 어쩌나. 우린 그냥 문명인답게 앰뷸런스 부를 거야. 아미쿠스에 훌륭한 화상 치료팀이 있지만 안 불러. 넌 병원에서 아퀼라 팬들의 저주를 받으며 죽을 거야. 그리고 때가 되면 우린 라스푸틴이 너를 불 지르는 장면을 풀어 프리미엄 광고를 붙여 팔아먹을 거야. 네 덕택에 네 졸개들은 다 쫓겨날 거고 한자경의 입지는 더 단단해지겠지.

그걸 어떻게 구했냐고? 라스푸틴이 쳤어. 우리가 여길 어떻게 찾아왔다고 생각하는 거야? 팬픽이 알려줘서?"

6.

모두 사실이었다. 김세훈을 불 지르는 장면이 찍힌 단추 카메라를 나에게 넘겨준 것은 내 무릎에 머리를 얹고 피를 토하며 죽어가던 라스푸틴이었다. 우리가 인천공항에서 발사 대기 중이었던 상하이행 로켓을 폭파할 수 있었던 것도 그 카메라 덕택이었다.

아슬아슬하게 들리지만 그렇지는 않았다. 우리가 폭파하지 않았다고 해도 정지 궤도에 떠 있는 UN 검역군의 위성 기지가 막았을 것이다. 라스푸틴은 처음부터 그따위 계획엔 관심도 없었다. 그냥 김세훈을 도와주는 척하며 접근했다가 고문하고 죽이고 싶었을 것이다. 아니, 그 한심한 음모가 폭로되어 개망신을 당한다면 살려두는 것도 좋았겠지.

나는 아직도 라스푸틴을 완전히 이해하지 못한다. 내가 할 수 있는 건 오로지 짐작뿐이다. 나는 놈이 김 씨 부자를 증오하고 있었다는 것을 안다. 하지만 나는 놈이 지나가 날린 캔디 폭탄에 맞아 배에 구멍이 나고 미라솔의 염력으로 폐가 찢겨 죽어갈 때 무슨 생각이었는지 모른다. 나는 놈이 아직도 불길 속에서 비명을 지르고 있는 김세훈을 아파트 아지트에 남겨놓고 떠날 때 무슨 생각이었는지 모른다. 나는 놈이 마지막 결정타를 날리길 주저하던 고요의 두개골을 박살 낼 때 무슨 생각이었는지 모른다. 나는 놈이 주호와 회장을 죽일 때 무슨 생각이었는지 모른다. 그 어처구니없는 실험으로 라스푸틴이 되었을 때 무엇이 놈의 두뇌를 망쳐놓고 괴물로 만들었는지도 모른다.

켄은 알고 있을까. 알고 있다고 해도 말해주기는 어려울 것이다. 우린 감응력자들의 경험을 정확히 묘사할 수 있는 어휘를 갖고 있지 않다. 라스푸틴의 머릿속을 돌았던 그 현상은 더 이상 생각이라는 이름으로 부를 수 없는 무엇이었는지도 모른다. 놈의 내면은 외모만큼이나 엄청난 변화를 겪었다.

처음부터 그 실험은 해서는 안 되는 것이었다. 알파에게 7, 8년은 충분한 시간이었다. 빈자리를 채울 새로운 알파들은 계속 나오고 있었다. 무엇 때문에 그 기간을 억지로 연장한단 말인가. 순전히 할 수 있는지 궁금했다는 것 이외엔 다른 이유가 없지 않았나?

도대체 인호는 왜 그 실험에 자원했을까.

몇몇 사람들은 내가 인호를 이해하지 못하는 것 자체를 이해하지 못한다. 사내 신년 파티 때 만난 지나는 맥없이 반복되는 내 질문을 단칼에 끊어버렸다.

"두려웠겠죠. 전 곧 베타가 되는 게 좋아요. 글로우가 해체되어도 할 일은 많고. 어제 병원에 가보니 산주도 공부 계획으로 바쁘더군요. 하지만 인호는 알파인 것 이외에 내세울 게 없었죠. 모두가 우리 같지는 않아요.

생각해봤는데, 오히려 그런 부작용을 반쯤 기대하고 있었는지도 몰라요. 인호의 대외 이미지는 부모를 잃은 뒤 어린 동생을 혼자 돌본 모범생이었죠. 하지만 그런 자기가 좋기만 했을까요? 주호를 죽인 것도 이해가 안 가지는 않네. 말이 좋아 모범생이지, 인호는 생각하는 게 딱 조선 시대 양반 같은 녀석이었잖아요. 그 상황에서는 몸 파는 여동생을 본 것 같았겠죠. 홧김에 그래 놓고 나중에 후회했겠지만.

김세훈을 죽이겠다고 결정한 것도 실험 전일 수 있지 않을까요? 걔가 어렸을 때부터 세니 언니 팬이었다는 건 모두가 아는데. 손에 피만 안 묻혔을 뿐이지, 세니 언니를 죽인 거나 다름없는 인간이 아직도 회장 아들이라고 설치고 다니는 게 얼마나 꼴사나웠을까. 언니는 이런 걸 잘 안 해서 이해가 안 될지

49

모르겠지만 팬심은 생각하는 것보다 훨씬 강해요. 어떤 때는 인생 전체를 걸어도 될 정도로."

지나는 이 몇 마디로 모든 게 다 설명된 척하며 자리를 떴다. 이게 전부라고 믿지는 않을 것이다. 다른 것들보다 사실 조금 더 가까울지 몰라도 멀리서 보면 이 설명 역시 인터넷 게시판을 떠도는 수많은 이야기 중 하나일 뿐이다. 앞으로도 회사는 라스푸틴이 양인호라는 사실을 공식적으로 인정하지 않을 테니, 라스푸틴과 양인호의 이야기는 수많은 음모론과 팬픽 속에서 새끼를 치며 불어날 것이다. 세월이 지나면 그 이야기들 속에서 진실이 의미를 완전히 잃어버릴 날이 오겠지. 아니, 벌써 온 것인가?

로비 창문 모니터에 11시 55분을 가리키는 거대한 시계가 떴다. 박수 소리와 함께 한자경이 시계 밑에 설치된 임시 무대에 올랐다. 내가 만든 이야기 덕택에 김 씨 집안 남자들의 추종 세력을 몽땅 정리하고 당당하기 짝이 없는 리더 이미지를 즐기고 있는 한자경과 안산 연구소에서 라스푸틴이 된 인호에게 겁탈당할 뻔하고 울먹이던 한자경은 더 이상 같은 사람처럼 보이지 않는다. 그렇다면 나는 새 한자경을, 저 사람을 만들어 낸 내 이야기를 얼마나 믿어야 할까?

"비극적인 한 해였습니다. 하지만 새해의 밑거름이 되어줄 한 해이기도 했습니다."

우레와 같은 박수가 막 시작된 한자경의 연설을 막았다. 나는 새로운 권력이 가져다준 흥분으로 상기되어 발갛게 달아오른 새 회장의 옆얼굴을 본 것으로 만족하고 로비를 떴다. 어차피 연설문 반은 내가 썼다.

광장으로 연결된 유리문을 닫기 전에 나는 무대 바로 밑에서 활인화처럼 뻣뻣한 자세로 서서 새로 태어난 K-포스의 지배자를 말없이 올려다보고 있는 미라솔의 얼굴을 슬쩍 엿보았다. 차갑게 굳은 얼굴과 검은 단추처럼 표정 없는 눈은 환호성을 지르고 웃고 노래를 불러대는 동료들이 만들어내는 어수선한 배경 때문에 실제 이상으로 오싹해 보였다. 나는 그때 미라솔의 머릿속에서 무슨 생각이 돌고 있었는지 알았지만 여기서 말하지 않을 것이다.

내가 하지 않더라도 어차피 수다스러운 팬픽 작가들이 그 빈자리를 채워줄 테니까.

마지막 테스트

1.

적사병으로 죽은 시체는 썩지 않았다. 프로스페로 미생물들이 그들의 새집을 보호했다. 소각되지 않은 시체 대부분은 썩는 대신 조각나고 변형되었다. 그중 관절과 근육을 가진 것들은 새로 생긴 신경계의 명령을 받아 꿈틀꿈틀 움직였다.

인호가 운동장에서 마주친 건 팔목에서 뜯겨 나간 여자의 통통한 왼손이었다. 피부는 얇은 핑크색 젤리 막으로 덮여 있었고 손목 위에는 작은 꽃처럼 생긴 포자낭 세 개가 삐져나와 있었다. 젤리 막 밑의 검지 손톱에는 아직 지워지지 않은 보라색 매니큐어의 흔적이 남아 있었다.

손은 엄지를 머리처럼 세우고 검지와 장지를 분주하게 놀리며 다가왔다. 인호는 손에게 보이지 않는 돌이라도 던지듯 오

55

른팔을 휘저었다. 손은 손가락 사이로 쉿 소리를 내며 증기를 뿜다가 폭발했다. 인호는 파란색 불꽃에 휩싸인 잔해를 발로 짓밟았다.

"굳이 그럴 필요 없어, 생도."

귀용 선배가 말했다.

"그냥 놔두라고. 여기서 그런 건 다람쥐나 마찬가지야. 생각해봐라. 적사병이 마지막으로 돈 게 언제냐? 네가 지금 밟고 있는 건 최소한 열 살짜리야. 놀랍지 않냐?"

"그렇습니다, 선배!"

인호는 불 꺼진 잔해를 걷어차고 차렷 자세로 서서 외쳤다. 답변처럼 들리지만 아니었다. 그것은 선배의 꼰대질을 끊으려는 일종의 주문이었다.

주문은 먹히지 않았다. 귀용 선배는 짝다리를 짚고 서서 생도들에게 일장 연설을 시작했다. 프로스페로 생태계의 경이에서 출발한 이야기는 그들이 지금 받고 있는 최종 테스트에 대한 이야기로 옮겨 갔고 그 이야기는 다시 자기 자랑으로 넘어갔다. 마지막 5분은 '아퀼라'와 '나'를 다양한 방식으로 한 문장 안에 엮으려는 수많은 시도의 나열이었다.

아무도 불평하지 않았다. 인호를 포함한 여섯 명의 생도들에겐 그런 사치가 없었다. 테스트가 끝나면 그들 중 한 명은 아퀼라의 멤버가 된다. 한반도 최고의 알파 히어로 팀에 들어가는 것이다. 그리고 그 최종 선택은 어제저녁에 비행선을 타고 구미 훈련장까지 몸소 행차하신 귀용 선배의 몫이었다.

"발화자는 가장 위험한 멤버다."

귀용 선배가 말을 이었다.

"우린 알파 악당이 아니야. 꼴리는 대로 아무 데에나 불을 지를 수 없어. 상대가 어린애를 스무 명쯤 죽인 미치광이 살인마인 경우에나 전면 발화 공격이 허용된다. 발화자 멤버에겐 그 누구보다 엄격한 자제와 정확한 기술이 요구된다. 그리고 그보다 더 중요한 게 뭐다? 맞아. 염동력자와의 호흡이다."

선배는 마치 "나 말이야!"라고 말하는 것처럼 독수리 배지가 달린 가슴을 주먹으로 퉁퉁 쳤다.

"앞으로 이틀 동안 생도들은 나와 함께 호흡을 맞춰본다. 아무리 능력이 뛰어나도 나랑 맞지 않으면 아닌 거다. 그렇다고 실망하지는 마. 기다리다 보면 테세우스 소년단이나 오리온에 자리가 나겠지."

여기저기서 킥킥 웃음소리가 들렸다. 진짜 우스워서인지, 그 타이밍에 웃어주는 게 예의라고 생각해서 그런 건지 인호는 알 수 없었다.

연설을 마친 선배가 아침을 먹겠다며 식당으로 돌아가자 생도들도 뿔뿔이 흩어졌다. 버려진 초등학교 운동장 마당에 혼자 남은 인호는 왼쪽 발목만 간신히 남은 옛 대통령의 동상 받침대 앞에 쪼그리고 앉아 눈을 감고 숨을 골랐다. 지금까지 등 뒤로 감추고 있던 양손은 아직도 부들부들 떨고 있었다.

2.

"안녕하세요, 시청자 여러분, 한미주입니다. 저는 지금 아퀼라의 새 발화자 멤버를 뽑기 위한 최종 테스트 현장에 나와 있습니다. 우선 최종 테스트의 심사를 위해 여기 구미까지 내려오신 귀용 씨를 만나보기로 하겠습니다. 오래간만이에요, 귀용 씨!"

귀용 선배는 환하게 웃으며 리포터에게, 그리고 아나운서 주변을 떠도는 드론들에게 인사를 했다. 방송국 사람들이 오기 전부터 귀용 선배 주변을 돌고 있던 드론까지 합치면 15대였다. 마치 날벌레들 속에 머리를 박고 있는 것 같았다. 정작 이들이 찍은 화면에는 동료 드론이 자동 화면 처리로 모두 삭제되어 나오지 않는다. 머리로는 오래전부터 알고 있는 상황이었지만 정작 직접 보니 모든 게 가짜 같고 우스꽝스러웠다.

십중팔구 절반은 편집될 장황한 인사가 오가고, 리포터는 인호가 앉아 있는 벤치 쪽으로 다가왔다.

"…그럼 생도들을 한 명씩 만나보기로 하겠습니다. 안녕하세요! 이름이?"

"양인호입니다."

"양인호 생도! 시청자들을 위해 간단한 실력을 보여주시겠어요? 자, 여기 두께 10센티미터의 송판이 있습니다⋯."

인호는 리포터의 조수가 들고 있는 송판에 정신을 집중했다. 탕 하는 소리와 함께 송판이 둘로 쪼개졌다. 불은 나지 않았다. 집중 가열로 인한 급속 팽창이 포인트였다. 지난 8개월 동안 회사가 가르친 잔재주 중 하나였다. 여러 가지로 요긴한 재주였지만 무엇보다 카메라 앞에서 편리했다. 사람들은 염동력자, 도약자, 방어자와는 달리 발화자의 능력은 오로지 파괴의 기능밖에 없다고 생각했다. 알파 악당들과는 달리 알파 히어로들은 이 힘을 보다 정교하게 쓸 수 있다는 것을 보여주어야만 했다. 회사에 들어온 뒤로 인호는 발화 능력만으로 삼겹살을 굽거나 달걀을 삶는 기술을 따로 익혔다.

인호에게 달걀 삶는 기술을 가르친 사람은 이번에 빈자리를 남기고 은퇴한 아퀼라의 발화자 차수였다. 훈련 과정을 제외하고도 8년 3개월 동안 발화자로 활동해왔으니 알파로서는 장수한 셈이다. 인호는 차수의 첫 제자였고 차수는 훌륭한 선생이었다. 그냥 타이밍이 좋아서였을지도 모른다. 힘을 잃어 베타로 떨어져가는 알파와 막 알파로 피어나는 풋내기는 이상적인 스승과 제자라고 했다.

별 내용 없는 인터뷰가 끝나자 리포터와 드론 무리는 옆자리의 준식에게로 넘어갔다. 리포터는 떠나기 직전 인호에게 가벼운 미소를 던졌다. 인호의 얼굴은 잠시 빨갛게 달아올랐다. 태어나서 단 한 번도 여자와 사귀어본 적이 없었다. 여자들을 싫어했던 게 아니라 그냥 상황이 안 맞았다. 지난 3년 동안 인호는 단 하나의 목표를 위해 질주해왔다. 한가하게 여자 친구나 사귈 여유는 없었다.

인호의 짧은 삶은 파란만장했다. 가족은 적사병에서 간신히 살아남았지만 이후 이어진 알파 악당들의 학살 과정 중 양친을 잃었다. 간신히 만 열 살을 넘긴 인호는 세 살배기 동생 주호와 함께 세상에 버려졌다. 그 뒤에 이어진 이야기는 결정적인 일화 하나를 쏙 빼놓아도 옛날 신파 연속극 하나를 채울 수 있을 정도였다. 인호가 회사에 들어갈 수 있었던 것도 그 이야기 덕택이었다. 회사는 사연 있는 아이들을 좋아했다.

아무리 이야기가 좋아도 최종 테스트까지 오를 수 있었던 건 역시 인호의 능력 때문이었다. 그런 면에서 인호는 운이 좋았다. 능력 향상은 훈련량과 아무 상관 없었다. 훈련은 오로지 이미 존재하는 힘을 통제하기 위해서나 필요했다. 아침마다 일어나 훈련장 송판에 불을 붙이며 인호가 얼마나 안달을 했는지 아무도 모른다.

리포터가 떠나자, 귀용 선배의 얼굴이 바뀌었다. 사근거리며 까불거리는 대외용 얼굴은 사라지고 냉담한 연장자의 얼굴이 그 자리에 들어섰다. 위선자 따위처럼 보이지는 않았다. 두 얼굴은 모두 진짜였다. 너무 피상적이라 위장이 들어갈 구석이 없는 인간이었다.

"슬슬 테스트를 시작한다."

선배가 말했다.

"가나다순이다. 고운성, 김기혁, 김혜성, 노근영, 박한철, 양인호, 이준식. 각각 세 시간씩 준다. 자, 스스로를 증명해봐!"

3.

귀용 선배와 인호는 30분째 산속을 걷고 있었다. 이틀 동안 다섯 명을 통과하느라 선배는 다소 지치고 따분해 보였다. 하지만 지친 것과 수다 욕구는 상관이 없는지 산을 오르는 동안 쉴 사이 없이 떠들어댔다. 인호는 적당히 받아쳤지만 선배가 무슨 말을 하는지 따위는 신경도 쓰지 않았다.

"팀원들과 같이 왔으면 좋았을 텐데. 윤일이가 있었다면 이렇게 걸을 필요도 없잖아. 휙 하고 한 번 날아오면 끝이지. 회사에서는 어쩌자고 훈련장을 이딴 곳에 세워서."

"그러게 말입니다."

"그렇긴 뭐가 그래. 여기에 훈련장을 세운 데에는 다 이유가 있어요, 이유가. 듣고 싶냐?"

장황한 연설이 이어졌다. 반은 10여 년 전 대구 지하에서 발견된 프로스페로 생태계와 적사병이 어떻게 알파의 초능력과 연결되는가에 대한 생물학 강연이었고 나머지 반은 출입 금지 지역이 된 대구에서 그나마 가까운 곳에 훈련장을 세운 회사의 미신적인 믿음에 대한 생각 없는 동조였다. 물론 구미에 훈련장을 세운 것과 그들의 목적지인 오두막이 산 위에 있는 건 아무 상관이 없었지만 두 사람 중 어느 누구도 그에 대해서 신경 쓰지 않았다. 말은 그냥 나오고 있었고 듣는 사람은 아무도 없었다.

　그들의 진짜 대화는 보이지 않는 곳에서 따로 진행되고 있었다. 산을 오르는 동안 인호는 귀용 선배에게 몸을 반쯤 맡기고 있었다. 선배는 뒤에서 멍한 표정으로 따라 걸으면서 인호의 관절과 근육을 염력으로 천천히 만졌다. 염동력자들이 다른 종류의 알파들과 함께 호흡을 맞출 때 꼭 통과해야 하는 절차였다. 지금까지 인호는 회사 내의 수많은 알파들과 호흡을 맞춰왔기 때문에 이 자체는 익숙했다. 하지만 지금 인호가 겪는 느낌은 낯설기 짝이 없었다. 마치 거대하고 축축한 혀가 몸 안을 쓸고 지나가는 것과 같은 느낌. 그 보이지 않는 혀가 아랫도리를 훑을 때 인호는 비명을 지르며 뒤를 돌아볼 뻔했다.

　그들의 뒤를 따라오는 드론 세 대의 카메라에는 뭐가 잡힐까. 산을 오르는 두 사람의 뒷모습이 전부일 것이다. 신체 접촉도 없고 음란한 농담도 없다. 오로지 국가 격리에 대한 두서없는 불평을 늘어놓는 선배와 예의 바르게 그 헛소리를 다 들어주는 생도만 있을 뿐이다. 앞에 테스트를 받은 다른 생도들도 같은 걸 겪었을까? 만약 그렇다면 그들의 증언을 모아… 아니, 어림없는 소리다. 회사가 그런 스캔들을 용납할 리가 없다. 무엇보다 인호 자체가 그걸 원하지 않았다. 하지만 그는 그 가능성을 장난감처럼 머릿속에서 굴리지 않을 수가 없었다. 그래야만 아직도 그의 몸에서 떨어지지 않는 그 징그러운 느낌을 잊을 수 있었다.

"고향이 어디라고 했지, 전주?"

보이지 않는 혀를 느긋하게 거두며 귀용 선배가 물었다.

"태어나긴 영광에서 태어났습니다."

"아, 굴비의 고장."

역시 의미 있는 말은 아니었다. 두 사람 모두 철이 든 뒤로 굴비 같은 건 본 적도 없었고 맛도 몰랐다. 교과서에 나온 표현이 기계적으로 굴러 나왔을 뿐이다.

"세 살 때부터 고아가 될 때까지 전주에서 살았습니다. 그 뒤에 대전으로 올라갔다가 총결집 때…"

"3년 전 대전 총결집? 그럼 우리가 만났었을 수도 있었겠네?"

인호는 천천히 뒤를 돌아보았다. 선배의 얼굴은 여전히 멍청하고 둔해 보였다. 대전 이야기가 나와 생각 없이 뱉은 말인가, 아니면 정말 무슨 기억이 났던 걸까.

"그렇습니다."

"그렇구나."

대화가 다시 끊어질 판이었다. 인호는 최대한 자연스러운 목소리로 물었다.

"한남대학교 테러 때엔 학교 안에 있었습니다. 제 동생이 거기서…."

"아, 나도 그때 거기 있었는데. 거기 종합운동장에 알파 축구를 하러 갔었거든. 신기하다, 야."

조금 더 이야기하고 싶었다. 하지만 우르르 기어 나와 길을 가로지르는 시체 조각들이 흐름을 끊었다. 대여섯 개는 잘려 나간 손이었고 나머지는 형체를 분간할 수 없게 찢어진 다른 부위였다. 3분의 1 정도는 인간이 아닌 다른 동물의 몸에서 찢겨 나온 것처럼 보였다. 살아 있을 때 무엇이었건, 시체가 된 뒤로 그들은 모두 평등했다.

선배가 인호의 몸을 염력으로 세게 쥐었다. 이전의 음란한 손길과는 달랐다. 그의 표정도 아까와는 달리 긴장되어 있었다.

"당시 알파 축구는 완전히 개판이었는데 말이야…."

선배의 말이 이어졌다. 어딘지 모르게 연기 같고 어색했지만 그래도 이야기의 흐름은 이어지고 있었다. 인호는 말을 듣는

64

척하며 주변을 살폈다. 주변에 누군가가, 뭔가가 있는 것도 같았다. 하지만 선배가 계속 염력으로 방해하는 한 자신의 감각을 믿기가 어려웠다.

드론들이 살충제를 맞은 초파리처럼 동시에 뚝 떨어졌다. 그 순간 선배가 고함을 질렀다.

"뛰어!"

4.

인호는 최대한 침착하게 보이려 노력하며 앞에 앉아 있는 세 사람을 응시했다. 한가운데 앉은 조각 같은 미인은 회사 최초 히어로 팀인 블루 스펙터스의 멤버였고 지금은 회사에서 현장 책임자로 있는 서미래였다. 양옆에 있는 나이 지긋한 남자들도 이름과 직책이 있었겠지만 인호는 관심 없었다. 회사엔 오로지 연줄 때문에 존재하는 잉여들이 너무 많았다.

"그래서 어떻게 했지요, 생도?"

서미래가 재촉했다.

"명령대로 뛰었습니다. 다른 생각을 할 여유가 없었습니다. 200미터만 더 가면 회사 오두막이 있었으니까 적이 누구이건 일단 거기까지 가서 피신처를 확보하는 것이 먼저인 거 같았습니다. 사실, 이것도 나중에 떠오른 생각이고 그때는 그냥 뛰었습니다."

"그쪽에서 먼저 와 기다리고 있을 수도 있지 않았을까요?"

"그렇습니다. 하지만 당시엔 그 생각이 떠오르지 않았습니다. 그리고 지금 생각해보니 그 가능성은 그렇게 높았던 것 같지 않았습니다. 오두막의 보안 장치를 미리 건드릴 정도로 공들인 계획이었다면 공격 직전에 EMP 무기로 드론들을 날려버리는 무식한 짓을 했을 리가 없지 않습니까."

"반대로 그렇게 생각하게 해서 두 사람을 오두막으로 유인하는 것이었을 수도 있죠."

"하지만 저희가 맞았습니다. 오두막 주변엔 아무도 없었고 보안 장치도 우리가 올라갈 때까지는 멀쩡했습니다. 몇 분 뒤엔 역시 EMP 무기 때문에 먹통이 되었지만 그 전에 들어가 수동 자물쇠로 문을 잠글 수는 있었습니다."

"그래서?"

"전 버티는 것이 중요하다고 생각했습니다. 드론이 죽고 보안 장치가 망가졌으니 훈련장에서도 문제가 있다는 것을 알아차릴 거라고 생각했습니다. 하지만 다시 생각해보니 상황은 그렇게 만만하지 않았습니다. 그쪽에서는 EMP 무기가 하나 이상 있는 것이 분명했으니 차폐막이 없는 회사 드론 전투기만으로는 반격이 어려웠습니다. 훈련장에 있는 알파들을 다 합쳐도 열 명. 그중 절반은 발화자인 생도들이었습니다. 보호자는 단 한 명도 없었고요. 그리고 시체 조각들의 반응만 봐도 상대는 훨씬 많아 보였습니다. 개개의 능력이 어떻건, 머릿수는 만만치 않을 거 같았습니다."

"정확히 스물여섯 명이었어요."

"네, 오두막 주변으로 몰려드는 게 꼭 좀비 떼 같았습니다. 그런데 그놈들이 어느 소속이었는지 다시 한번 알려주실 수 있겠습니까?"

"'구라리의 불꽃'이라나요."

"뭐, 그런 이름이 다 있습니까?"

"김문기가 죽고 나서 복수하려고 뭉친 패거리래요. 김문기 집 선산이 구라리란 마을에 있다나요. 아퀼라에게 복수를 하고 싶긴 했는데 뭉쳐 있을 때는 능력이 안 되고 마침 멤버 하나가 보호자 없이 신입 멤버를 뽑으러 구미에 왔으니 그때를 노리자! 그런 생각이었나 보죠."

"선배도 그럴 거라고 생각했습니다. 그 때문에 오히려 재미있어하는 거 같았습니다. 저도 생각했던 것만큼 무섭지는 않았습니다. 겨우 한 사람을 죽이려 스물여섯 명이나 몰려왔다면 그냥 겁쟁이들 같았습니다. 하지만 아무리 겁쟁이들이라도 스물여섯 명이나 모이면… 게다가 그놈들은 다른 무기도 갖고 있는 게 분명했습니다.

빨리 작전을 세워야 했는데, 선배가 택한 건 선제공격이었습니다. 머릿수밖에 믿을 게 없는 놈들이니 일단 제대로 준비를 하기 전에 머릿수를 최대한 줄여놔야 한다고요. 전 아직도 이게 무슨 논리인지 잘 모르겠습니다. 하지만 지금 와서 생각해 보니, 선배는 이걸 대량 학살을 할 수 있는 기회라고 생각하는 것 같았습니다. 아퀼라일 때는 사방에서 보고 있으니 할 수 없는 게 많지 않지 않습니까. 하지만 목숨이 달린 일이고 카메라도 보고 있지 않으니 뭐든지 용납이 된다고 생각했던 것 같습니다. 물론 이건 제 개인적 의견이고 만약 사실이라고 해도 비난할 생각은 없습니다.

하여간 선제공격을 한다고 해도 그 방법이 문제였습니다. 일이 분 정도 서로에게 고함을 질러대다가 우리가 택한 무기는 '서미래 8번'이었습니다."

서미래는 보일락 말락 한 미소를 지었다가 싹 거두었다.

"그건 두 사람이 충분히 오래 같이 훈련을 하지 않으면 많이 고통스러울 텐데."

"발화자에겐 성폭행당하는 기분입니다."

인호는 솔직하게 말했다.

"염동력자에 몸을 다 내주고 생각 없는 폭탄이 되는 것이니까요. 하지만 당시에는 논리적인 선택이었습니다. 오두막에 올라갈 때까지 잠시 합을 맞추어보았으니 선배도 저에 대해 아주 모르지는 않았습니다. 우리 모두 흥분한 상태라 8번을 쓴다면 효과가 클 거라고 생각했고요. 무엇보다 상황이 맞았습니다. 아시겠지만 오두막은 산꼭대기를 깎아 시멘트를 발라 만든 공터 한가운데에 있습니다. 일단 환기창을 통해 지붕으로 올라가서 8번을 쓴다면 공터 주변의 잔챙이들은 한꺼번에 날릴 수 있습니다. 보호자가 없기 때문에 저희도 위험하긴 했습니다만."

"그래도 성공했네요?"

"네, 첫 번째 8번 폭발에 아홉 명이 죽었습니다. 두 번째 폭발 때는 세 명이 죽었고 오두막을 부수려고 가져온 폭탄이 폭발했습니다. EMP 무기도 그때 망가졌다고 들었습니다.

그 뒤에 무슨 일이 있었는지는 저도 잘 모르겠습니다. 고통이 굉장히 심했으니까요. 한 몇 분 정도는 비몽사몽인 상태에서 지붕 구석에 누워 있었습니다. 선배는 지붕에서 뛰어내려 나머지 놈들을 처리하러 갔고요. 조금 뒤에 염동력자 하나가 지붕 위로 기어오르던데 그 녀석은 제가 통구이로 만들어버렸습니다. 일단 힘을 뿜으니까 다시 살 것 같더군요. 그래서…."

인호는 서미래의 시선이 살짝 어긋난 것을 알아차리고 창가 쪽을 훔쳐보았다. 목 끝까지 우락부락한 근육질인 덩치 큰 남자가 무표정한 얼굴로 인호를 바라보고 있었다. 둘의 눈이 마주치자 남자는 알 수 없는 표정을 지으며 복도 저편으로 사라졌다.

"…그래서 귀용 선배가 죽이지 못한 나머지 세 명을 처리했군요. 선배가 죽은 건 언제 알았죠?"

"정확히는 구조대가 도착하기 직전이에요. 발화자에게 당했는데 즉사는 아니었습니다."

"그래도 생도가 자기 복수를 해주는 걸 보고 죽었겠네요?"

"그건 저도 모르겠습니다."

5.

귀용은 아퀼라 팀의 첫 사망자였다. 슬픈 일이었지만 다들 귀용이 죽기 전에 남긴 이야기를 좋아했다. 아퀼라의 에이스와 생도가 벌인 26 대 2의 대결이라니 이처럼 근사할 수가 없었다. 다른 아퀼라의 전투와는 달리 이번 구미 전투는 드론을 통해 중계되지 않았기 때문에 오히려 사람들의 상상력을 자극했다. 수많은 팬픽들이 쏟아져 나왔다. 팬픽 대부분은 귀용과 인호가 처음부터 애인 사이였거나 훈련장에서 둘이 만나 애인이 되었다는 식으로 전개되었다. 서미래 8번을 섹스처럼 묘사하지 않은 작가는 단 한 명도 없었다. 인호는 그들을 탓할 수가 없었다.

귀용이 아무 메모도 남기지 않았기 때문에 이틀 동안의 테스트 결과는 날아가버렸다. 회사 사람들은 당시 생도들을 인터뷰하고 다녔지만 어차피 귀용이 죽었으니 새 멤버를 뽑을 때 그 자료를 쓸 생각은 없어 보였다.

일주일이 지나갔다. 귀용의 장례식이 있었고 회사는 새 생도들을 맞았다. 인호는 상암동 회사 숙소에 그냥 죽치고 앉아 있었다. 이틀에 한 번 동생 주호가 입원해 있는 병원에 가는 게 유일한 외출이었다. 병원 의사들은 아직도 주호의 병이 뭔지 모른다고 했다. 놀랄 것 없는 소식이었다. 프로스페로 생태계에서는 의사가 아는 병보다 모르는 병이 더 많았다.

귀용이 죽고 꼭 일주일이 되었을 때 인호는 호출을 받았다.

회사 로비에서 인호를 기다리고 있었던 건 서미래였다. 전에 만났을 때보다 더 예뻤지만 어딘지 모르게 화가 나 보였다. 엘리베이터를 타고 꼭대기 층으로 올라갈 때까지 그 사람은 아무 말도 하지 않았다.

서미래는 하나밖에 없는 사무실을 향해 성큼성큼 걸어가 노크도 없이 문을 열었다. 문 사이로 이 회사에 있는 사람이라면 모를 수가 없지만 정작 직접 보기는 힘든 못생긴 얼굴이 보였다. 김영천 회장이었다.

"데려왔어요, 보스. 굽건 삶건 맘대로 해요."

서미래는 다짜고짜 인호를 방 안으로 밀어 넣고 뒤에서 문을 쾅 닫았다.

사무실 창가 소파에 앉아 있던 김 회장은 문 앞에서 우물쭈물 서 있는 인호를 보고 손짓을 했다.

"어서 오지, 양인호 생도."

인호는 김 회장이 가리키는 맞은편 소파에 가 앉았다. 회사에 들어온 뒤로 스스로가 지금처럼 바보같이 느껴졌던 때도 없었다.

"케네스 리를 아나?"

김 회장은 다짜고짜 물었다.

"덩치 큰 고릴라같이 생긴 친구인데. 이름은 몰라도 한 번쯤은 지나가면서 봤을걸."

"네, 봤습니다."

"뭐 하는 친구인진 아나?"

"코치…요?"

"그 친구도 알파야. 아주 특별한 알파지. 정신감응력자."

김 회장은 인호의 움찔하는 모습이 재미있었는지 얼굴 근육을 괴상하게 일그러뜨리는 못생긴 미소를 지었다.

"물론 감응력자를 알파라고 불러야 하는가에 대해서는 이견이 있어. 일단 케네스는 다른 알파들에 비해 나이가 많은 편이지. 영화에 나오는 초능력자처럼 사람 마음을 훤히 읽을 수 있는 게 아니고. 그냥 특별한 종류의 베타일 수도 있지. 하지만 회사가 실험하고 있는 유일한 정신감응력자라 자네가 증언할 때 구경이나 해보라고 보냈었어. 그러니까 한참 구경하고 돌아와서 그러더라고. '거짓말은 거의 안 하는 거짓말쟁이더군요.'

이게 무슨 뜻일까.”

“잘 모르겠습니다.”

“자네가 한 진술이 형식적으로는 거짓말이 아니지만 그렇다고 사실도 아니라는 뜻이지. 엄청 철학적인 말처럼 들리지만 사실 뻔한 이야기야. 우린 모두 그런 식으로 거짓말을 하잖아. 묻지 않은 진실은 감추고 남의 오독을 방치하고. 자네도 마찬가지였던 거고. 이해해.

하지만 내 앞에서는 안 되지. 그러니 직접 묻겠어. 귀용이는 왜 죽였나? 가족을 죽였나? 여자 친구를 강간했나? 아니면 강간당한 건 너였나?”

인호는 대답하지 않았지만 김 회장은 상관하지 않았다.

“묻고 나니 별로 궁금하지도 않군. 자네도 이유가 있었겠지. 그 녀석은 이 회사에 있어서는 안 되는 놈이었어. 뽑고 나서 1년이나 지나 겨우 알았지. 아빠 연줄로 지금까지 저지른 못된 짓들을 용케 숨겨놓긴 했지만 그게 언제까지 가나. 회사에서 지난 1년 동안 얼마나 고민이 많았는지 알아? 그냥 자를 수도 없었어. 알파 히어로 팀에서 이미지를 빼면 뭐가 남아.

그러니 보다 자연스러운 방법으로 퇴장하는 게 어떨까 생각했어. 팀 내에서는 어렵지. 하지만 보호막을 쳐줄 보호자가 없는 상황에 혼자 남겨지면 어떨까. 내가 구라리 바보들을 사주했던 건 아니야. 하지만 사고가 확률을 높일 수 있잖아. 실험이

나 해보자고 생각했지. 혼자 사고를 당할 확률을 녀석에게만 조금씩 높여주는 거야. 그러다 덜컥 자네가 걸렸어."

회장은 신이 났는지 손가락을 딱 하고 튕겼다.

"우리와는 달리 자넨 이 회사에 들어올 때부터 이걸 생각했던 모양이지? 늘 보호막과 드론의 보호를 받고 있는 알파를 죽이려면 어떻게 해야 할까. 답은 얼마 안 나오잖아.

처음부터 자네를 의심했던 게 아니야. 내가 그 바보들을 사주한 게 아닌 것처럼 자네가 그놈들과 한 패거리가 아니라는 건 자명했으니까. 녀석들이 거기 있었던 건 순전히 우연의 일치였지. 그건 의심의 여지가 없었어.

하지만 하나가 걸렸어. 자넨 지나치게 열심히 죽였어. 구조대가 올 때까지 버티기만 했어도 됐는데 달아나는 조무래기들까지 하나씩 모두 잡아서 불 질렀단 말이야. 언론에 배포된 이야기야 회사 작가들이 다듬어서 훨씬 그럴싸해 보여. 하지만 진상은 다르단 말이지.

왜 그렇게 열심이었던 걸까. 연결되지 않는 두 가지 이유가 떠올랐어. 하나는 죽은 구라리 패거리들에게 살인 누명을 씌우기 위해서야. 한 명이라도 살아남는다면 자네가 진범이라는 걸 불었을 테니까. 다른 하나는 더 재미있지. 그 녀석들을 먼저 죽이지 않으면 녀석들 중 한 명이 실수로라도 귀용이를 죽일지도 모르니까. 그 녀석을 고문하고 죽이는 건 자네 몫이어야 했

74

어. 역시 자네 동기는 복수야, 그렇지 않나?"

인호는 숨이 막혔다. 범죄가 들통났다는 것, 법의 보복 따위는 두렵지 않았다. 처음부터 각오하고 시작한 일이었다. 인호를 괴롭히는 것은 다른 것이었다. 3년 전에 잉태되어 일주일 전에 끝났다고 생각한 복수의 의미와 무게가 서서히 증발하고 있었다. 더 이상 지난 3년 동안 자신이 무엇을 했는지도 알 수 없었고 지금 저 못생긴 남자 앞에서 무얼 하고 있는지도 알 수 없었다.

이를 악물고 자기 신발을 노려보고 있는 인호의 얼굴을 말없이 바라보고 있던 김 회장은 아까보다 친절한 목소리로 말했다.

"나가봐. 자넬 어떻게 해야 할지는 나중에 생각하지."

인호는 건성으로 고개를 끄덕하고 방을 나갔다. 문을 닫기 전에 김 회장의 웃음소리를 들은 것 같았지만 확신할 수 없었다.

엘리베이터 옆의 벤치에 앉아 기다리고 있던 서미래는 인호를 보자 딱하다는 듯 벤치의 남은 자리를 손바닥으로 가볍게 두드렸다. 인호가 옆에 앉자 덤덤한 목소리가 옆에서 들렸다.

"넌 아퀼라가 될 거야. 새 염동력자는 너보고 직접 뽑으라고 할걸. 보스에겐 네가 저지른 살인 자체가 마지막 테스트였어. 치밀한 계획, 가차 없는 실행. 넌 합격했어. 심지어 넌 완벽한 리더가 될 거야. 끔찍한 잘못을 실실 흘리고 다녔던 귀용이 녀

75

석과는 차원이 다르지.

　구미 사건이 터지고 난 너와 관련된 모든 자료를 검토했어. 3년 전까지만 해도 너는 그냥 평범하고 착한 아이였어. 귀용이는 대전에서 도대체 너에게 무슨 짓을 저지른 거니? 어떻게 하다가 이렇게 된 거야?"

　인호는 소리 내어 울었다. 깜짝 놀란 서미래는 재킷 안주머니에서 티슈를 꺼내 내밀었다. 인호는 티슈를 받았지만 쓰지는 않았다. 노래 하나가 끝날 시간 동안 눈물과 콧물로 범벅이 된 채 울었다.

　울음이 멎고 감정이 정리되자 인호는 얼굴을 닦고 숨을 골랐다. 간신히 말을 할 수 있게 되자 서미래에게 지금까지 가슴속에 품고 있던 모든 이야기를 했다. 형제에게 지옥문이 열렸던 그 끔찍한 날에 대해서, 3년 동안 자신을 오로지 복수로만 몰고 갔던 분노와 혐오에 대해서, 무엇보다 구조대가 오기 직전까지 고통에 몸부림치면서도 그날 대전에서 자기가 무슨 일을 저질렀는지 끝끝내 기억하지 못했던 함귀용의 멍청한 얼굴에 대해서.

캘리번

1.

물구나무선 남자는 남아 있는 한쪽 눈으로 소년을 응시하며 말했다.

이리 와.

소년은 고개를 저으며 뒷걸음질 쳤다. 남자는 한 걸음 더 다가와 깨진 유리창 구멍으로 얼굴을 들이댔다. 소년은 들고 있던 창을 고쳐 잡고 휘둘렀다. 알루미늄 막대 끝에 달린 회칼 끝이 남자 얼굴에 덮인 젤리 층을 뚫고 들어가 길쭉한 상처를 냈다. 남자는 휘청거리는 두 팔을 놀려 한 발짝 뒤로 물러났다.

이리 와.

남자가 말했다.

"싫어."

소년은 속삭였다.

목뼈가 부러진 목에 매달린 표정 없는 얼굴이 늘어진 음낭처럼 흔들렸다. 머리가 매달린, 허리 아래가 떨어져 나간 시체는 흐느적거리며 어둠 속으로 사라졌다. 하지만 몇 달째 소년을 괴롭히던 목소리는 체셔 고양이처럼 텅 빈 허공 속에 남아 있었다.

이리 와.

시체 짐승들이 창문을 통해 쏟아져 들어왔다. 처음에 들어온 건 대부분 잘려 나간 손이었다. 그 뒤에 들어온 건 그보다 구분이 어려웠다. 적사병으로 죽은 이들의 썩은 시체 조각들이 뭉쳐져 만들어진 개만 한 짐승들이었다. 조각 대부분은 인간들이었지만 군데군데 죽은 개와 고양이와 비둘기 사체가 섞여 있었다. 분홍색 젤리에 덮인 그들의 몸은 창문을 통해 스며들어오는 달빛에 창백하게 번뜩였다.

소년은 허벅지 위를 묶은 지혈대를 고쳐 묶고 거꾸로 잡은 창으로 다시 한번 고장 난 문손잡이를 후려쳤다. 철컥하며 손잡이가 옆으로 꺾였다. 발로 걷어차자 문이 열렸다. 틈 사이로 빠져나온 소년은 다시 문을 걷어차 닫았다. 쓱쓱 소리를 내는 잘려 나간 손을 바지 자락에 매달고 계단을 향해 달렸다.

유리문 앞에 선 소년은 아직도 매달려 있는 손을 잡아 계단 밑으로 내팽개쳤다. 잘린 손이 손목 구멍으로 내는 비명 소리를 뒤로하고 문밖으로 뛰어나왔다. 절룩거리면서 텅 빈 상가를 질주했다. 상가 끝에 있는, 실제보다 가까워 보이는 대구역이 소년의 목적지였다. 목적지 자체는 의미가 없었다. 어떻게든 저들을 따돌리는 게 먼저였다. 하지만 이 다리로 그게 가능할까?

처음 마주쳤을 때 저들은 징그럽고 신기한 구경거리에 불과했다. 꿈틀거리는 시체 조각들보다 다른 생존자들이, 가끔씩 예고도 없이 날아들어 기관총을 쏘고 폭탄을 떨어트린 뒤 사라지는 드론들이 더 무서웠다. 하지만 더 이상 드론도, 생존자도 보이지 않은 지 오래였다. 이제 저들만이 소년과 함께 남아 있었다. 그리고 그들은 점점 더 빨라지고 강해지고 커지고 있었다.

드르륵거리는 소리가 났고 땅이 진동했다. 무언가 거대한 것이 아스팔트를 긁으며 소년에게 다가오고 있었다.

아나콘다였다.

대구에는 최소한 다섯 마리의 아나콘다가 살고 있었다. 시체 조각들이 붙어서 짐승이 될 때는 무슨 모양이든 취할 수 있었다. 하지만 덩치가 커지면 선택의 여지는 줄어들었다. 다시 두 조각으로 쪼개지거나 뱀이 되거나.

지금 소년의 뒤를 쫓아오고 있는 건 길이 15미터의 적갈색 뱀이었다. 인간의 몸이었을 때는 절대로 입이었을 리가 없는 조각들로 이루어진 거대한 아가리 안에는 부러진 누런 뼈들이 이빨 대신 박혀 있었다. 눈은 없었다. 적어도 눈처럼 생긴 것들은.

뱀은 빨랐다. 지금과 같은 절름거리는 다리로는 도저히 따돌릴 수 없었다. 벌써부터 뱀이 땀구멍으로 뿜어대는 시큰한 냄새가 코를 찔렀다. 15미터, 10미터, 5미터.

소년은 갑자기 방향을 바꾸었다. 속도로 따돌릴 수 없다면 저것의 운동량을 이용할 수밖에 없다. 소년은 뱀의 떡 벌어진 아가리를 스치며 반대 방향으로 달렸다. 뱀은 발버둥쳤지만 반 톤에 가까운 몸뚱이가 그렇게 쉽게 멈출 수는 없었다. 꿈틀거리는 뱀의 몸은 버려진 트럭과 비스듬히 충돌했다.

따돌린 것일까? 아니. 이제 소년은 뱀을 따라 달려오는 다른 짐승들을 향해 달려가고 있었다. 다시 90도로 꺾어 골목으로 빠지려 했지만 그쪽에서도 짐승 무리들이 달려오고 있었다. 뒤에서는 다시 자세를 잡은 아나콘다가 그를 향해 돌진하고 있었다. 사방이 막혀 있었다.

소년은 창을 떨어뜨리고 그 자리에 엉거주춤 섰다. 잘 버텨왔어. 지나치게 오래 버틴 건지도 몰라. 왜 처음부터 포기하지 않았던 걸까? 왜 이 망할 도시에서 1년 반 동안 살아남았던 걸까. 세상 어느 누구도 나를 원치 않는데. 소년은 눈을 감고 쭈그리고 앉아 아가리를 벌리고 달려드는 뱀을 기다렸다.

그때였다. 소년의 주변이 불타오른 것은.

2.

"생존자다!"

맑은 여자 목소리가 들렸다.

소년은 쿨럭쿨럭 기침을 하며 한쪽 눈을 떴다. 맨 처음 눈에 들어온 것은 적갈색의 연기와 회색 재 가루였다. 연기가 어느 정도 걷히자 불에 탄 시체들과 낑낑거리면서 달아나는 짐승들이 보였다. 뒤를 돌아보았다. 검게 탄 아나콘다의 머리와 목 일부가 아스팔트에 달라붙어 있었다. 뱀의 나머지는 불타는 머리를 끊어 던지고 달아난 모양이었다.

연기가 더 걷히자 사람들이 보였다. 열 명 정도로 보였다. 절반은 군복을 입고 무장을 하고 있었다. 나머지 반은 아니었다. 소년은 양손을 치켜들었다. 짐승들은 죽고 달아났지만 전혀 안전하게 느껴지지 않았다. 저들이 나를 무엇이라 생각할지 어떻게 안단 말인가.

"난 깨끗해요. 병들지 않았어요. 멀쩡해요. 사람이에요."

소년이 웅얼거렸다.

"알았어. 진정해."

아까 그 목소리가 말했다. 소년은 목소리의 주인을 찾았다. 사복 차림의 하늘하늘하고 키가 큰, 비슷한 나이 또래로 보이는 여자아이였다. 천진난만한 동그란 얼굴이 화사하고 예뻤다. 입고 있는 회색 코트는 깨끗하고 비싸 보였다. 무장은 하고 있지 않았다.

뒤에 비슷한 사복 차림을 한 사람이 세 명이 더 있었다. 여자 하나, 남자 둘. 모두 스무 살 미만으로 보였다. 다른 여자아이는 조각 같은 얼굴이 표정 없이 차가웠다. 남자아이 하나는 아주 키가 컸다. 체형이나 자세가 농구 선수 같았다. 다른 남자아이는 머리를 군인처럼 짧게 깎았고 물속에서 오래 구른 조약돌처럼 반들반들해 보였다. 그 뒤에는 벽돌처럼 네모나고 굵직하게 생긴 중년 남자가 안경 너머로 소년을 째려보고 있었다.

"너무 가까이 가지 마."

두 번째 남자아이가 말했다.

"뭐가 무서워서? 아직도 병에 걸릴까 봐 겁나니?"

"저게 뭔지 네가 어떻게 알아."

"그렇게 겁이 난다면 처음부터 여기 오질 말던가."

여자아이는 소년에게 하얀 장갑을 낀 손을 내밀었다. 소년은 그 손을 잡고 비틀거리며 일어났다.

"안녕, 난 윤세니야."

"케, 케네스 리."

소년은 우물거렸다.

"어디서 왔어?"

"브, 브루클린."

"한국 이름은 뭐야?"

켄은 잠시 머뭇거리다가 그 이름을 말했다. 운 없는 이름이었다. 어렸을 때 좋아했던 아이돌의 이름을 아들에게 붙여주면서 나중에 그 인간이 연쇄강간범이라는 사실이 밝혀질 가능성까지 계산하는 엄마가 몇이나 될까.

세니라는 아이는 몇 분의 몇 초 동안 잠시 떠올랐던 난처한 표정을 지우고 다시 친절한 미소를 지었다.

"그냥 켄이라고 부를게. 저 재수없는 애는 김세훈이야. 저 키 큰 애는 박찬우. 여자애는 서미래야. 우린 블루 스펙터스야."

"블루 뭐?"

"블루 스펙터스. 우린 K-포스의 알파 팀이야."

켄은 머리를 긁었다. 대구 바깥 세계가 어떻게 변했는지 대충은 알고 있었다. 적사병은 남한 인구의 3분의 1을 죽인 뒤 간신히 멈추었고 생존자 중 초능력을 쓰는 이상한 아이들이 나타났다. 세니와 친구들이 그 아이들이라는 건 짐작할 수 있었다. 하지만 아이들은 군인이나 특수 요원보다 연예인이나 치어리더 같았다. 자신의 능력을 믿고 있어서 그런지는 몰라도 군인들과는 달리 여유로워 보였다.

켄은 위축되었다. 단 한 번도 잘생겼다거나 예쁘다는 말을 들어본 적 없는 외모였지만, 지금 모습은 이전보다 더 끔찍했다. 스트레스성 폭식으로 20킬로그램 가까이 살이 더 쪄 있었고 적갈색 그물망이 문신처럼 몸을 덮고 있었다. 퉁퉁 부은 얼굴은 아주 간단한 표정밖에 지을 수 없었고 깨진 앞니 사이로 발음이 샜다. 그에 비하면 가위로 직접 자른 삐죽삐죽 머리는 귀여운 수준이었다. 암만 봐도 전문 메이크업 팀이 따라다닐 것 같은 저 아이들 눈에 나는 얼마나 끔찍해 보일까.

하지만 세니는 켄의 외모에 대해 티끌만큼의 반응도 보이지 않았다. 대신 말 속도를 살짝 높이고 지금까지의 상황을 설명했다. K-포스는 적사병이 돌기 전까지 연예 기획사였다. 그런데 갑자기 초능력이 생긴 아이들이 여기저기 나타나자 회사에서는 연예인을 키우는 대신 초능력을 가진 아이들을 모아 사설 군대를 만드는 것으로 사업 방향을 바꾸었다. 세니는 블루 스펙터스는 사설 군대와는 다른 종류라고 했지만 켄은 차이를 알 수 없었다. 하여간 블루 스펙터스는 지난 한 달 동안 여러 가지 대단한 일을 했다는데, 켄에게 그 이야기는 모두 옛날 SF 드라마 줄거리 요약처럼 들렸다.

"그, 그, 그럼 왜 여기에 온 건데?"

켄이 물었다.

"적색 격리가 풀렸어."

세니는 설명했다.

"이제 살아남은 남한 사람들 대부분이 적사병의 항체를 갖고 있어. 이전처럼 적사병과 프로스페로 생태계를 두려워하는 대신 연구할 때가 된 거지. 정부에선 과학자들과 군인들을 파

86

견했고 우리도 따라왔어. 여기 생명체에 대해 연구하고 생존자들도 구출하고."

"하, 하, 하지만 지금까지 우리를 죽이려 했잖아."

"나도 알아. 하지만 당시엔 어쩔 수 없었대. 과학자들도 적사병에 대해 아는 게 전혀 없었으니까. 다들 인류가 외계 생명체 때문에 멸망하는 줄 알았어."

"다, 다 죽었어. 너무 늦었어."

켄은 울음을 터트렸다. 눈물이 지저분한 얼굴을 타고 흘러내렸다. 붓기 때문에 얼굴이 제대로 일그러지지 않아 두꺼운 마스크를 쓴 기분이었다. 목구멍에서 올라오는 울음소리는 죽어가는 짐승의 신음 같았다. 창피해진 켄은 어떻게든 울음을 멈추려 했지만 잘 되지 않았다. 세니는 난처한 표정을 지으며 한 걸음 뒤로 물러났다.

켄의 울음을 중단시킨 건 안경 쓴 남자였다. 더 이상 참아줄 수 없다는 듯 성큼성큼 다가와 켄의 어깨를 잡고 흔들었다. 순식간에 울음이 멈추었다. 대신 딸꾹질이 나왔다. 남자는 입을 열었지만 시작도 하기 전에 미래라는 아이가 조용히 말을 막았다.

"'사내답지 못하게 어쩌구' 하는 소릴 할 거 같으면 그만둬요. 교수님 같으면 여기서 혼자 1년 반을 버틸 수 있을 거 같아요?"

87

교수라는 남자는 움찔했다. 그와 함께 켄의 딸꾹질도 멎었다. 호기심이 억울함과 울분을 이겼다. 무언가 신기한 일이 벌어지고 있었다. 켄은 지금까지 한국 중년 남자가 무례한 십대 여자아이에게 이렇게 고분고분한 건 본 적이 없었다. 미래는 그 남자를 휘두를 수 있는 힘을 갖고 있었다.

교수가 우물쭈물하는 동안 미래가 켄에게 다가왔다. 코트 주머니에 손을 쑤셔 넣고 한 번 부르르 몸을 떨더니 아까와 같은 덤덤한 목소리로 말했다.

"브루클린에서 온 케네스 리. 너희 집은 어디에 있니?"

켄은 역 반대쪽을 손가락으로 가리켰다.

"할머니 집이야."

"할머니는 살아 계셔?"

켄은 고개를 저었고 미래는 더 이상 물어보지 않았다.

그들은 군인들을 남겨놓고 켄을 따라 걸었다. 더 이상 목소리는 들리지 않았고 짐승들도 보이지 않았다. 4층 노래방 창가에 앉아 있다가 후닥닥 날아간 저 커다란 생명체는 아마 진짜 새일 것이다. 인간들이 포기한 1년 반 동안, 온갖 동물들이 대구에 들어왔다. 일부는 잡아먹혀 괴물의 일부가 되었지만 나머지는 그럭저럭 공존에 성공했다. 고라니나 멧돼지의 입장에서 보면 프로스페로 생태계는 인간의 도시보다 관대했다.

교수는 들고 있는 360도 카메라로 검붉게 물든 도시를 찍으며 걸었다. 가끔가다 멈추어서 갈라진 아스팔트 틈 사이에서 기어 나온 붉은 풀을 뜯어 플래시에 비추어 보았다가 버렸다. 웅얼거리는 소리를 들어보면 외계 생명체 유입설을 지지하는 모양이었다. 하긴 그게 대구 지하에서 지구의 다른 생명체와 아무 관계도 없는 복잡한 생태계가 스스로 진화했다는 가설보다 더 그럴싸하다. 하지만 그렇다면 그 생태계는 어떻게 왔을까? 화성이나 혜성에서 왔을까? 아니면 외계인의 우주선이 데려온 것일까? 교수라고 답을 알 리 없었다.

집에 도착한 켄은 자물쇠로 현관문을 열고 안으로 들어갔다. 문 옆에 늘어져 있는 끈을 잡아당기자 천장에 매달린 LED 캠핑등이 켜졌다. 예상 외로 깔끔한 내부를 보고 놀란 미래가 짧게 휘파람을 불었다. 켄은 아침에 일어나면 늘 집 구석구석을 돌며 먼지를 털고 걸레질을 했다. 쓰레기가 모이면 최소한 1킬로미터 떨어진 곳에 버렸다. 집이 조금이라도 지저분해지면 폐인이 될 것 같았다.

"수, 수도 안 나와. 하지만 욕조에 지하수 부어놨어. 양동이에 담긴 더러운 물은 화장실 물 내릴 때 쓰면 돼."

켄은 허겁지겁 말했다. 마치, 그들이 아무 데나 소변을 보며 그가 유지해온 문명 세계를 망가트리기라도 할 것처럼.

"진짜 피아노네?"

구석에 놓인 업라이트 피아노를 발견한 세니가 신기한 듯 외쳤다.

"할머니 거야. 피아니스트셨어. 나, 나도 피아노 쳐. 바, 방학 때, 할머니네 집에 왔다가… 그러니까…."

세니는 환한 미소를 지으며 피아노 뚜껑을 열었다. 최면에라도 걸린 것처럼 켄은 피아노 의자에 앉았다. 무언가를 연주해야 했다. 하지만 무얼 하지? 아침까지 라벨의 〈밤의 가스파르〉를 연습했었다. 하지만 세니가 보는 앞에서 그 곡을 연주한다면 분명 손가락이 꼬일 거 같았다. 한참 망설이다 스카를라티의 소나타 K.427을 골랐다. 그게 나을 듯했다. 더 논리적이니까. 더 이성적이니까. 내가 붉은 점박이 뚱보 괴물이 아니라 생각하는 인간임을 보여주어야 하니까.

처음엔 조금 느리게 시작했다. 땀에 젖은 손가락이 건반에서 죽죽 미끄러졌다. 하지만 켄은 자연스럽게 흐름을 탔다. 수백 년 전에 죽은 이탈리아 작곡가의 머릿속에서 조합된 명료한 음들이 켄의 머리와 손을 통해 되살아났다. 검붉은 시체 조각들이 지배하는 야만적인 세계의 한구석이 문명으로 빛이 났다.

스카를라티의 선율을 따라가며 켄은 주변에 서서 음악을 듣는 사람들의 반응을 체크했다. 두 남자애들은 이 곡에 대해 전혀 모르는 것 같았다. 여자아이들은 모두 한때 유행했던 음악 수학 교육을 받은 경험이 있어서 남자애들보다 나았고 미래는 작품 번호도 알고 있는 것 같았다. 하지만 가장 감동한 건 교수였다. 마음에서 흘러나오는 경탄의 진동이 뒤통수에 느껴졌다.

연주가 끝났다. 박수 소리가 들렸다. 엉거주춤 일어난 켄은 몸을 돌려 최대한 문명인다운 미소를 지으며 청중을 향해 살짝 허리를 숙였다. 교수는 양손으로 켄의 오른손을 감싸 쥐며 말했다.

이리 와.

3.

"저 애는 케네스 리가 맞아요."

미래가 폰을 들여다보며 말했다.

"줄리아드에 기록이 있어요. 수상 경력도 있고요. 얼굴이 많이 바뀌긴 했지만 그래도 구별은 하겠어요. 할머니는 이대 정하령 교수였고요. 정말 운이 없었네요. 이틀 머물고 돌아갈 예정이었는데, 이렇게 발목을 잡히다니."

"어떻게 살아남았을까?"

하일 교수가 말했다. 질문보다는 독백처럼 들렸다.

"저 괴물들도 음악을 좋아했나 보죠. 식사 때 반주 음악을 연주해줄 피아니스트가 필요했던 거 아닐까?"

둘의 대화를 듣고 있던 세니가 끼어들었다.

"그게 사실이라고 하더라도 아직 모자라지. 저 괴물들이 본

격적으로 활동하기 시작한 건 몇 개월 전부터야. 대구 시민 대부분이 죽은 뒤지. 그 전까지 저 아이가 살아남을 수 있었던 이유가 따로 있었다면?"

미래는 얼굴을 찌푸렸다.

"꼭 이유가 있어야 하나요? 모두가 한꺼번에 죽을 수는 없고 누군가는 줄 맨 뒤에 있어야 하잖아요. 모래시계에서 맨 마지막으로 떨어지는 모래알에도 사연이 있어야 해요?"

"그렇게 단순하지가 않아."

하 교수가 말했다.

"내가 몇 번 말했냐. 여기서 발견된 건 수백 종의 독립적인 생물들로 구성된 하나의 생태계야. 단순한 미생물 하나가 아니라고. 그것도 지금까지 꼭꼭 접혀져 숨어 있던 미지의 물리 법칙과 함께 나타난 거다. 우린 아직도 지금 상황이 어떻게 돌아가는지 전혀 몰라. 적사병으로 죽는 사람들이 줄어들었다고 일이 끝난 건 아니란 말이다. 너희는 지금 만화책 슈퍼히어로라도 된 거 같아 재미있겠지. 하지만 적사병으로 죽은 사람들과 너희들의 차이는 그렇게 크지 않아. 너희들은 죽은 사람들과 조금 다른 식으로 병을 앓는 것이고 앞으로 이 상태를 유지할지도 알 수 없어. 그건 지금은 능력이 없어 보이는 다른 생존자들도 마찬가지지. 인류가 살아남으려면 모든 가능성을 고려해야 해. 그렇다면 저 뚱보가 지금까지 살아남을 수 있었던 특별한 이유가 있었을 가능성도 무시해서는 안 된단 말이다."

"세니가 저 애를 30초만 늦게 발견했어도 교수님은 이런 고민을 하지 않았을 텐데요."

교수는 대답하지 않았고 대화는 시시하게 끊겼다. 미래는 하 교수가 인류의 미래에 대해 걱정하도록 내버려두고 세니와 함께 밖으로 나갔다.

탁 탁 탁 공이 아스팔트 바닥을 두드리는 소리가 났다. 맞은 편 공터 운동장에서 찬우가 군인 두 명과 함께 근처 가게에서 가져온 농구공을 갖고 놀고 있었다. 그는 진심으로 아무런 생 각 없이 행복해 보였다. 행복함은 찬우의 가장 큰 재능이었다. 어떤 상황에서도 쉽게 행복해지고 평안해지는 아이였기 때문 에 블루 스펙터스의 보호자가 된 것이다.

"저, 저 애의 능력이 뭐라고?"

미래와 세니는 뒤를 돌아다보았다. 담벼락에 기대선 켄이 사 과를 씹으며 찬우를 바라보고 있었다. 그 애는 어제보다 덜 괴 물 같았다. 여전히 붉은 거미줄로 덮여 있었지만 얼굴과 손은 깨끗했다. 입고 있는 새 옷은 모두 고급스럽고 비싸 보였다. 분 명 근처 백화점에서 가져왔을 것이다. 대구에서 지낸 1년 반은 끔찍했겠지만 적어도 굶거나 못 입지는 않았던 것 같았다.

"보호막을 만들어."

세니가 말했다.

"〈스타 트렉: 디파이언트〉에 나오는 거 같은? '함장님, 실드가 30퍼센트 남았습니다!'"

"맞아."

"너, 너는 불을 지르거나 폭파하고. 미래는 멀리 있는 물건을 움직이고. 다, 다른 남자애는 능력이 뭐야?"

"걔도 염동력자야. 미래가 더 힘이 세지."

켄은 고개를 끄덕였다.

"아하, 제2바이올린."

"현악 4중주 비유는 여기에 잘 안 맞는 거 같다."

미래가 말했다.

"하, 하긴 좋은 제2바이올린 주자 같지도 않았어."

미래는 어떻게 대답해야 할 지 알 수 없었다. 켄은 미래나 세훈이 초능력을 쓰는 건 한 번도 본 적이 없었다. 하지만 그럼에도 불구하고 그 말은 정곡을 찔렀다. 세훈은 이 팀에 어울리지 않았다. 다른 세 명과 호흡도 맞지 않았고 무엇보다 팀에 있는 것 자체를 싫어했다.

세훈이 블루 스펙터스에 있는 건 순전히 K-포스의 사장인 아버지 김영천이 억지로 팀에 넣었기 때문이었다. 혼자 있을 때 몰래 울었고 다른 회사 직원이나 기자 들이 없을 때엔 아버지 욕을 했다. 그럴 때마다 다른 멤버들은 불편하기 짝이 없었지만 적어도 그 욕의 창의성은 인정해줄 수밖에 없었다.

따지고 보면 좋아서 이 팀에 들어온 사람은 없었다. 모든 일이 너무나도 급작스럽게 일어났다. 누군가가 만화책 슈퍼히어로가 되어 슈퍼 악당들과 싸우는 게 너의 운명이라고 우긴다면 얼떨결에 넘어갈 수밖에 없었다. 세니나 찬우처럼 긍정적인 성격이 아닌 미래는 종종 이 어처구니없는 서커스에 갑갑해 미칠 것 같았다. 그 애를 정신적으로 붕괴되지 않게 막아주는 것은 자신에 대한 호기심이었다. 손을 두 번 휘젓는 것만으로 악당들의 내장을 매듭지을 수 있는 어처구니없는 능력. 그 능력의 끝이 궁금했다.

호랑이도 제 말 하면 온다고, 세훈이 한 무리의 남자들과 함께 골목 안으로 들어왔다. 오늘 아침 헬기를 타고 도착한 K-포스의 임원과 과학자 들이었다. 세훈이 손가락으로 켄을 가리키자 과학자들이 다가왔다. 켄은 멍청한 눈으로 그들의 설명을 듣더니 사과 속을 티슈로 싸 주머니에 넣고 느릿느릿 임원들을 향해 걸어갔다.

'저 아이가 어쩌다 마지막까지 남은 모래알인지, 아니면 다른 무언가인지는 곧 알게 되겠지.'

미래는 생각했다.

4.

(하일 교수의 구술 메모에서 발췌)

아이는 비교적 건강하다. 적사병의 후유증으로 안면 마비 증상과 피부병에 시달리고 있지만 곧 치료될 것이다. 아이는 우리가 가져온 과일들을 걸신 들린 듯 먹어치우고 있다. 그동안 신선한 과일을 구하기 어려웠을 환경을 생각하면 충분히 이해할 만하다.

다른 생존자들은 찾지 못했다. 모두 죽었을 수 있지만 우리를 두려워하며 숨어 있을 가능성도 있다. 적사병 발병 이후 1년 동안 우리가 저지른 일들을 생각해보라. 충분히 있을 수 있는 일이다.

*

대구의 풍경은 허버트 조지 웰스가 상상했던 화성인 식물에 정복당한 영국의 모습과 비슷하다. 아스팔트와 건물은 끈적끈적한 붉은색 프로스페로 식물들로 덮여 있다. 단지 이들은 지구 생태계와 평화로운 공존을 이루고 있다. 지구 식물들이 이들의 존재에 위협을 받고 있는 것 같지 않으며, 특히 멧돼지들은 새로운 먹이를 좋아하는 것 같다.

시체 조각들로 이루어진 프로스페로 짐승들은 지옥에서 기어 나온 것처럼 끔찍해 보이지만 보기만큼 위협적인가? 그건 모르겠다. 일단 그들 상당수는 입도, 소화 기관도 없다. 길거리를 돌아다니는 잘려 나간 손은 그냥 잘려 나간 손일 뿐이다. 징그러울 뿐, 어떤 해도 끼치지 않는다. 단지 이들이 무리를 이루고 있을 때는 사정이 다르다. 그리고 무리의 중심에는 입과 소화 기관을 가진 놈들이 있다. 이들이 고라니를 사냥하는 것을 보았다. 윤세니가 나서지 않았다면 아이도 같은 꼴을 당했을 것이다.

우리는 그 커다란 뱀을 잡으려고 했다. 포위되자마자 그것은 네 조각이 났고 그중 한 조각은 수십 조각으로 흩어져 달아났다. 저들은 나중에 따로 모여 또 다른 종류의 짐승이 될까? 소화 기관이 없는 잘려 나간 손 같은 놈들은 어떻게 양분을 섭취할까? 어렸을 때 나는 영화 속 좀비들이 어떻게 굶어 죽지 않고 영구 기관처럼 끝없이 움직이는지 궁금해했다. 같은 질문을 대구에서 만난다.

조각난 시체들은 그냥 재료에 불과하다. 끈적거리는 핑크색 물질이 조각 내부에 깊숙이 침투해서 근육을 조종하고 있다. 하지만 그 조각들을 조종하는 뇌는 어디에 있을까? 핑크색 물질이 근육에 꽤 복잡한 신경망을 만들어놓긴 했지만, 뇌 구실을 할 정도는 아니다. 그런데도 그것들은 마치 양치기 개 정도의 지능이 있는 것처럼 움직인다.

무언가가 외부에서 조종하고 있다고 봐야 말이 된다. 하지만 우리는 어떤 종류의 외부 신호도 감지해내지 못했다. 기대했던 건 아니다. 우리는 알파 초능력자들의 능력에 대해서도 아는 게 전혀 없다. 초능력자들이 염력으로 자동차를 들어 올리고 불을 지른다. 영화에서 흔히 보았던 일이라 사람들은 순식간에 이 광경에 익숙해졌다. 하지만 물리학자들에겐 미칠 일이다. 초능력자들과 자동차 사이엔 어떤 종류의 힘의 연결도 발견되지 않는다. 그것들은 형편없게 편집된 20세기 어린이 드라마의 한 장면처럼 뜬금없이 그냥 떠오르거나 폭발한다. 몇몇 과격한 이론가들은 심지어 이들 사이에 인과 관계가 있다는 사실 자체를 부인한다. 이와 관련되어 몇 가지 그럴싸한 이론들이 나왔지만 나는 믿지 않는다.

*

프로스페로 생태계가 처음 발견된 5호선 공사장에서는 쓸 만한 게 거의 나오지 않았다. 계속 파보고 있지만 폭격 때문에 남아 있는 게 별로 없다. 정두원 소령은 이들을 데려온 우주선을 발견할 수 있을 거라고 믿지만, 우리가 그렇게까지 운이 좋을 리가 없다. 만약 이들이 정말로 외계에서 왔다고 해도 우주선은 지나치게 쉬운 답변이다.

여전히 최예나 교수 팀이 죽어가면서 기록한 데이터에 의지할 수밖에 없다. 그리고 그 데이터의 답은 미스터리이다. 어떤 종류의 에너지도 들어오지 않는 지하 200미터의 작은 동굴 속에서 그들은 최소한 몇십만 년 동안 생존해왔다. 우리는 가능한 모든 종류의 답을 모아 덧셈을 해보았지만 그 합으로는 그들의 생존을 설명할 수 없었다. 무언가 다른 것이 있다. 뜬금없이 자동차를 날리고 폭파시키는 아이들의 능력과 그것은 연관성이 있을 것이다.

*

국방부의 A.I.가 프로스페로의 초상화를 그려 왔다. 지난 일주일 동안 우리가 모은 데이터를 바탕으로 가지치기를 해 가장 그럴싸한 모양을 찾아낸 것이다. 여기서 '모양'이나 '그리다'는 모두 비유적 표현이다. 우린 아직 프로스페로가 어떤 모양을 하고 있는지, 과연 고정된 모양이 있긴 한 건지도 모른다. 하지만 그것의 지능이나 사고방식, 동기를 추리하는 것은 가능하다.

나는 최대한 과학자답게 이 초상화를 읽으려 하지만 쉽지 않다. 조금만 방심해도 어린 시절 읽고 보았던 책과 영화의 이미지가 그 위에 겹쳐진다. 존 카펜터의 영화에 나오는 남극의 변신 외계인, H.P. 러브크래프트의 소설에 나오는 고대의 존재. 영리하지만 섬뜩하고 낯선, 소통이 불가능한 괴물들.

나는 그것과 대화를 해야 한다고 믿는다.

군의 입장은 분명하다. 프로스페로의 위치를 발견하는 즉시 파괴한다. 그것에게 인류의 생존을 위협할 기회를 주어서는 안 된다. 하지만 이건 멍청하기 짝이 없는 소리다. 대구와 구미의 레드 존은 겉으로 드러난 중심부에 불과하다. 시체 조각이 돌아다니거나 빨간 외계 식물이 건물을 뒤덮지 않고 있을 뿐, 이미 남한 전 국민이 프로스페로 생태계의 일부이다. 프로스페로 감염자들의 국가, 그게 바로 대한민국의 정체성이다. 당연히 우리는 우리 자신에 대해 더 잘 알아야 할 의무가 있다. 대화를 해야 한다. 그게 안 되면 연구해야 한다. 파괴는 그다음에 생각해도 늦지 않는다.

우리가 프로스페로의 파괴에 성공한다고 해도 바깥 세계 사람들이 우리를 믿어야 할 이유는 전혀 없다. 완벽한 격리는 불가능하다는 걸 그들도 알고 우리도 안다. 조금만 이상한 낌새가 보여도 그들은 한반도에 반물질 폭탄을 떨어뜨릴 것이다. 요새 기고만장한 북한도 맘에 안 들 테니 핑계를 대며 거기에도 몇 개 떨어뜨리겠지. 그들이 제주도는 남겨놓을까? 어림없는 소리. 프로스페로는 우리의 보험이다. 어떻게든 이 늙은 마법사를 찾아내 독점해야 한다. 새로운 지식을 강탈하고 이것으로 무장해야 한다.

나와라, 이 영감탱이야.

이상한 경험을 했다.

몇 분 전에 있었던 일이다. 나는 정 소령과 함께, 군인들이 춘자라고 부르는 시체를 따라가고 있었다. 춘자는 드물게 온몸이 온전하게 보존된 개체이다. 아니, 온전한 것 이상이다. 왼쪽 등에 까마귀나 까치의 것처럼 보이는 날개 하나가 붙어 있다. 얼굴은 젤리에 덮여 어떻게 생겼는지 잘 보이지 않지만 제법 몸매가 좋고 실오라기 하나 걸치지 않은 나체라 군인들은 춘자가 나타날 때마다 음란한 농담을 해댄다.

왜 온전한 시체를 찾기가 힘들까? 왜 이들은 분해되어 다시 엉성한 모습으로 조립되는 것일까? 정 소령의 가설은 프로스페로가 직립 보행 조종을 힘들어한다는 것이다. 이족 보행을 하는 시체들이 없는 건 아니다. 하지만 그들은 대부분 두 동강 나 있다. 상반신만 남은 시체가 물구나무 서고 있거나 하반신만 돌아다니거나 둘 중 하나이다. 나머지는 대부분 다리가 세 개 이상이다. 군 과학자들은 이 조립 상태에 대한 데이터를 모아 연구하면 프로스페로가 온 행성의 생명체들에 대해 알 수 있을 것이라 생각한다. 나는 그들이 자동차나 기중기처럼 기능에 맞추어진 몸을 갖고 있을 뿐이라 생각한다.

춘자를 만난 건 우연이었다. 점심을 먹고 3호선 모노레일을 따라 산책하다가 어쩌다 마주쳤다. 우리는 세상에서 가장 당연한 일인 것처럼 춘자의 뒤를 밟았다. 춘자는 보이지 않는 거대한 손이 조종하는 퍼핏처럼 이상한 동작으로 걷고 있었는데 불편하면서도 에로틱해 보였다. 우리는 걸어가며 춘자가 이 모습 그대로 남을지, 아니면 곧 두 동강 날지를 두고 토론을 벌였는데, 그건 그냥 핑계였고 둘 다 춘자의 뒷모습을 변태스럽게 즐기고 있었던 것 같다.

그런데 갑자기 춘자가 멈추어 서서 우리를 바라보았다. '바라보았다'라고 썼지만 춘자는 고개나 몸을 돌리지 않았다. 춘자의 눈은 죽은 지 오래되었기 때문에 그런 동작은 무의미했다. 하지만 피부의 젤리막 군데군데에 눈 역할을 하는 것으로 추정되는 깨알만 한 신경 뭉치들이 박혀 있었고 춘자는 그것들로 우리를 보고 있었다.

춘자는 뒷걸음질을 쳤다. 그 걸음걸이가 너무나도 자연스러워 오히려 이게 더 정상이라는 생각이 들 정도였다. 들통난 염탐꾼처럼 달아나던 나는 다리가 얽혀 우스꽝스러운 모양으로 엎어지고 말았다. 정 소령의 손을 잡고 일어나려는 바로 그 순간 소리 없이 다가온 춘자의 뒤통수가 내 코 앞에 닿았다. 젤리에 덮인 더러운 머리카락이 지렁이들처럼 꿈틀거리며 얼굴을 더듬었다.

그리고 춘자가 말했다.

"이리 와."

복음사가처럼 경건하고 명확한 테너였다. 춘자가 말하는 것처럼 느껴졌지만 정말 그럴 리는 없었다. 나는 뒤에서 희미한 합창 소리도 들을 수 있었다. "내 마음 깨끗게 하사 내 주여 받아주소서. 죄로 물든 몸 주께 맡기니 나를 구원하옵소서." 몇 초 동안 나는 프로스페로의 잘려 나간 손들이 모여 손목 구멍으로 바흐의 〈마태 수난곡〉을 합창하는 모습을 상상했다. 하지만 그럴 리가 없었다. 그 합창 소리는 내 머릿속에서 나온 것이다. 우연히 떠오른 복음사가라는 단어가 기억 속에서 바흐의 합창곡을 끌어온 것이다. 그렇다면 저 "이리 와"란 목소리도 내가 상상한 것일까?

총성과 함께 춘자의 뒤통수에 구멍이 났다. 춘자는 한 번 휘청하더니 별일 아니라는 듯 꼿꼿하게 자세를 고쳐 잡았다. 정 소령이 낸 총알구멍은 이제 뻥 뚫린 외눈처럼 보였다. 겁에 질린 두 남자를 남겨놓고 시체는 비척거리며 모노레일 그늘을 따라 걷기 시작했다.

정 소령이 춘자의 목소리도, 〈마태 수난곡〉의 합창도 듣지 못했다는 당연한 사실도 기록해야 할까?

5.

하일 교수는 쿵쿵거리면서 정하령 교수의 집으로 들어갔다.

켄이 연주하는 쇼팽의 〈녹턴 20번〉이 들려왔다. 보나 마나 남자애들은 지겨워 나갔을 거고 여자애들만 남아 있겠지. 세니의 시선을 느끼면서 어깨에 힘을 주고 건반을 두드리는 켄의 뒷모습도 상상이 됐다. 녀석이 세니에게 홀딱 반해 있다는 건 모두가 알고 있었다. 대단한 기대는 없었겠지만 그래도 녀석은 세니에게 자신이 겉보기보다 나은 놈이라는 걸 증명하려 필사적이었고 가진 건 피아노 실력밖에 없었다. 그리고 지금 녀석은 쇼팽을 옥수수 시럽처럼 들쩍지근하게 연주하고 있었다. 도저히 들어줄 수가 없었다.

거실에 들어가보니 미래가 없는 걸 제외하면 정말 예상과 똑같아서 하 교수는 기가 찼다. 다행히도 연주는 곧 끝이 났다. 교수는 오기 전에 정 소령과 입을 맞추어두었던 거짓말로 세니를 내보냈다. 소령과 통화하며 밖으로 나간 세니가 대문을 닫고 나가는 소리가 들리자마자 교수는 호통을 쳤다.

"넌 도대체 정체가 뭐냐?"

켄은 대답하지 않았다. 녀석은 교수로부터 등을 돌린 채 말없이 피아노 건반을 손으로 쓸었다.

"무, 무슨 말인지 모르겠어요."

"그게 거짓말이라는 걸 내가 안다는 걸 너도 알지 않나?"

켄은 엉덩이를 꿈틀거리며 천천히 돌아앉았다. 안면 마비 증상 때문에 여전히 표정을 읽기 힘들었지만, 교수는 이제 그 의뭉스러운 얼굴 밑에 무엇이 감추어졌는지 알 수 있었다.

"넌 프로스페로의 스파이야."

교수가 말했다.

"아, 아니에요."

"우리 마음을 읽고 프로스페로에게 전달하는 게 네 일이 아니었다고? 그 괴물이 널 아무런 이유 없이 살려둔 거라고?"

켄은 피아노 의자에서 벌떡 일어났다. 녀석의 정신이 붉게 불타오르는 게 느껴졌다. 화가 났구나, 교수는 생각했다. 분노는 저렇게 생겼구나.

"나, 나는 싸웠어요. 사, 살려준 게 아니야. 나, 나는…."

한참 동안 숨이 막혀 캑캑거리던 아이는 한참 뒤에야 끊어진 말을 이었다.

"…모, 목숨을 구걸하지 않았어."

그 말은 진실이었다.

"하지만 넌 여전히 안테나야. 프로스페로는 여전히 너의 마음을 읽고 있어. 적사병을 앓고 난 뒤부터 계속 그랬겠지. 넌 알고 있었어. 그런데도 우리에게 말하지 않았어."

"여, 여기에 버, 버, 버리고 갈까 봐."

"프로스페로가 막았던 건 아니고?"

"아, 아니에요. 마, 마법사는 힘이 없어요. 우릴 완전히 이, 이해하지 못해요. 나도 마법사를 완전히 이해 못 하고. 충분히 복잡하게 생각하고 움직이면 맞먹을 수 있어요. 그, 그, 그렇게 살아왔어. 지금까지. 안 먹히면서.”

교수는 속으로 웃었다. 그는 단 한 번도 다른 사람 앞에서 프로스페로를 마법사라고 부른 적이 없었다. 녀석은 무심코 그의 마음에서 그 표현을 가져온 것이다. 그리고 녀석은 교수 역시 서서히 안테나가 되어가고 있다는 걸 알고 있었다. 내 과거도 볼 수 있을까? 내가 레드 존이 되기 직전 대구에서 탈출한 마지막 감염자였고 지금까지 그 사실을 모두에게 숨겨왔다는 걸 눈치챘을까?

그가 옳았다. 결국 초능력이란 병의 또다른 증상이었다. 프로스페로가 지상의 살덩어리들을 조종하기 위해 풀어놨던 힘이 통제를 벗어났던 것이다. 알파 히어로들이 쓰고 있는 건 프로스페로로부터 떨어져 나온 보이지 않는 근육이었다. 켄과 그가 쓰고 있는 건 프로스페로의 신경이었다.

우리 모두 거대한 짐승의 일부인 거야.

대문 열리는 소리가 들렸다. 세니와 미래였다. 세니는 십중팔구 길에서 미래를 만났을 거고 주변 어른들, 특히 남자들은 무조건 안 믿는 미래는 이 상황이 뭔가 수상쩍다고 느꼈을 것이다. 보나 마나 정 소령에게 전화를 걸어 둘이 말을 맞추었다는 걸 캐냈겠지. 교수는 궁금해졌다. 내가 이걸 아는 건 안테나가 되어가고 있기 때문인가, 아니면 미래와 너무 오래 부대꼈기 때문인가? 현관문이 열렸다. 발소리가 예상보다 복잡했다. 남자애들도 따라왔군. 상관없었다. 아니, 오히려 일이 쉬워졌다. 불평쟁이 하나보다 팀 전체를 상대하는 게 더 편했다.

미래가 잔뜩 찌푸린 얼굴로 거실에 들어왔을 때 교수는 이미 반격 준비가 되어 있었다.

6.

그들을 맞아준 건 거대한 오리 괴물들이었다.

그냥 젤리를 뒤집어쓴 버려진 오리배들일 뿐이었다고 말할 수도 있었을 것이다. 하지만 미래는 그 후 20년이 넘는 세월이 흐르는 동안 '오리 괴물'이라는 표현을 고집했다. 그 표현이 그냥 더 정확했다. 오리배들은 살아 있었다. 눈과 귀를 대신하는 신경 뭉치들이 몸을 덮고 있는 젤리 층 여기저기에 박혀 있었고 안을 들여다보지 않아 어떻게 그랬는지 알 수 없었지만 당시엔 분명 헤엄칠 수도 있었다. 미래는, 하 교수에게 이끌려 수성못에 도착했을 때 세 마리의 오리 괴물들이 나란히 모여 젤리 층으로 덮인 검은 눈을 번뜩이며 그들을 기다리고 있었던 것은 절대로 우연이 아니라고 생각했다.

미래는 그때를 수치스러운 패배의 순간으로 기억했다. 알파 악당들과 싸우다 지는 것은 얼마든지 있을 수 있는 일이었다. 하지만 하일 교수와 말싸움을 했는데, 시작부터 기에 밀리다 지기까지 하다니 이건 어처구니 없었다.

대구에 도착하기 전까지 미래는 하일 교수와 말로 싸워서 진 적이 없었다. 기싸움에서부터 미래가 유리하기도 했지만, 그보다는 하 교수가 이성적인 사람이었기 때문이다. 미래는 말이 특별히 유창하지는 않았지만 생각이 빠르고 논리적이었다. 그 애가 문제가 있다고 생각하는 건 대부분 실제로 문제가 있었고 하 교수는 말싸움 과정에 그 사실을 깨닫기 마련이었다. 미래는 하 교수를 한 번도 좋아한 적 없었지만 그래도 늘 약간의 존경심은 남겨놓았다. 주변에 이성적으로 설득될 수 있는 어른들은 지극히 희귀했던 것이다.

그날 밤 벌어진 일은 정반대였다. 논리는 날아가버렸고 오직 역전된 기싸움만이 남았다. 과장이 아니라 실제로 그랬다. 미래는 그 이후 둘이 벌인 말싸움을 단 한 조각도 기억할 수 없었다. 하 교수가 의기양양하게 쏟아낸 말들은 스토리나 내용을 전혀 갖추고 있지 않았다. 그럼에도 불구하고 미래는 수성못에 끌려올 때까지 뭐가 잘못되었는지 전혀 눈치채지 못했다.

멍이 들고 찢어져 울긋불긋해진 켄의 얼굴을 훔쳐보며 미래는 심한 죄의식을 느꼈다. 세훈이 염력을 담은 주먹으로 켄을 두들겨 패고 집어던지고 욕을 퍼부을 때 그 애는 구석에서 말없이 우두커니 서 있기만 했다. 그냥 무력했던 게 아니라 심정적으로 세훈에게 동조하고 있었다. 그건 찬우도 마찬가지였고, 세니는… 아니, 세니는 모르겠다. 미래는 세니가 세훈을 말리려고 손을 뻗는 걸 본 것 같았다. 하지만 그 전에 교수가 켄의 멱살을 끌고 나가버렸다.

켄은 오리 괴물들 앞에 바쳐진 제물처럼 저수지 앞에 무릎을 꿇고 앉아 있었다. 겁에 질려 소리 내어 울고 있었다. 피와 눈물에 젖은 그 얼굴은 끔찍하게 추했고 연민보다는 혐오감을 불러일으켰다. 하지만 저 아이는 저렇게 얻어맞으며 짐승 취급을 받을 이유가 없었다. 만약 교수가 한 말이 모두 사실이라고 해도 (사실이라고? 도대체 저 인간이 무슨 이야기를 했는데?) 그건 아이의 잘못이 아니었다. 아이는 그냥 살아남아 여기서 빠져나가고 싶었을 뿐이다. 이 도시에서 죽어나간 모든 사람이 그랬던 것처럼.

하 교수는 켄의 다리를 걷어찼다. 그 애가 끈적끈적한 나무 보도에 엎어지자 교수는 고함을 질렀다.

"불러!"

켄이 신음 소리를 내며 고개를 젓자 교수는 이번엔 아이의 허리를 걷어찼다.

"불러!"

그 광경은 우스꽝스러웠다. 우락부락한 외모와는 달리 하 교

109

수는 물리적 폭력에 익숙한 사람이 아니었다. 교수의 폭력은 욕설과 마찬가지로 어색하기 짝이 없었다. 바흐와 셰익스피어를 좋아하고 단 한 번도 비속어를 쓴 적 없는 중년 과학자가 옛날 한국 조폭 영화에 나오는 삼류 악당 흉내를 내고 있었다. 하 교수가 미치광이 과학자 흉내를 내는 것도 받아들이기 어려웠던 미래에게 이 광경은 그냥 부조리했다. 어떻게 그 몇 시간 만에, 아니, 몇십 분 만에 사람이 이렇게 바뀔 수 있는가.

"답은 그 사람이 더 이상 하일 교수가 아니었다는 거였어."

10여 년 뒤, 미래는 막 결성된 글로우 팀 멤버들 앞에서 그때를 회상하며 말했다.

"하일 교수의 기억을 갖고 있고 하일 교수의 몸 안에 들어 있었지만 그뿐이었어. 켄을 걷어차고 있던 그 남자는 이미 프로스페로의 일부였어. 지금까지 잠들어 있던 안테나의 세포들이 프로스페로의 왕국에 들어오면서 조금씩 깨어나다가 어느 순간부터 기하급수적으로 늘어나 교수의 정신을 지배한 거야. 아까 너희들에게 보여주었던 마지막 메모를 기록했을 때, 교수의 정신은 이미 죽어가고 있었던 것 같아.

여기서 중요한 건 프로스페로가 지적 생명체가 아니었다는 거야. 프로스페로에겐 자아도, 의지도, 지식도, 욕망도 없었어. 단지 아주 정밀한 프로그램에 가까웠지. 그 프로그램은 성장하고 번식하기 위해 무엇이든 이용했어. 그 무언가가 지적 생명체라면 그 지적 능력을 이용해야지. 이해도 못 하면서 어떻게 이용할 수 있느냐고? 프로스페로의 신경계 안에서는 그게 가능했어. 그림에 대한 이해 없이 판화를 찍어내고, 문학에 대한 이해 없이 책을 찍어내는 것과 비슷하다고 할까? 우린 아직도 이 메커니즘을 완벽하게 밝혀내지 못했어. 그건 생각은 아니지만 생각과 비슷한, 언캐니 밸리에 속한 무언가야.

하일 교수는 나라와 인류와 과학을 위해 프로스페로와 대화를 해야 한다고 생각했어. 하지만 그 논리는 프로스페로가 교수를 흡수하는 과정을 자기식으로 해석한 것에 불과했어. 교수의 정신은 프로스페로에게 끌려가고 있었고 완전히 먹히려면 켄을 통해야만 했지. 1년 반 동안 프로스페로에게 먹히지 않으려 끝없이 저항해왔지만 그 과정 중 극도로 성능 좋은 안테나를 갖게 된 그 아이를 말이야."

"그러니까 켄 아저씨는 그렇게 두들겨 맞으면서도 필사적으로 교수님을 보호하려 했던 거군요?"

맨 앞에 앉아 말없이 이야기를 듣고 있던 지나가 끼어들었다.

"그때는 그냥 무서워서 그랬을 거야. 교수가 어떻게 되건 일단 자기가 살아야 했으니까. 켄은 제정신이 아니었어. 자길 구출해줄 거라고 생각한 사람들이 1년 반 동안 필사적으로 피해 다닌 괴물의 아지트로 끌고 갔을 때 기분이 어땠겠어? 아직도 세훈이가 넘어뜨린 피아노에 깔린 채 켄이 외쳤던 소리를 잊을 수가 없어. '수성못이요! 괴물은 수성못에 있어요!'

맞아. 프로스페로는 수성못 바닥에 웅크리고 있었어. 어떻게 거기까지 갔는지는 모르겠어. 지하수나 하수도를 타고 갔을까? 분명 처음엔 욕조에 들어갈 수 있을 만큼 작았을 거야. 하지만 하일 교수가 켄을 끌고 갔을 때엔 수백 배로 자라 있었지. 그와 함께 힘도 자라서 수성못을 중심으로 한 지름 100킬로미터 안의 시체 짐승들을 자기 영향력 안에 넣고 있었어.

완벽하지는 않았어. 수많은 시체 짐승들이 프로스페로의 영향에서 독립해 독자적으로 움직이고 있었고 그것들이 연맹해 자기만의 세력권을 형성하기도 했어. 프로스페로 생태계는 끊임없이 진화하는 역동적인 시스템이었어. 켄이 그렇게 오래 살아남을 수 있었던 것도 그 때문이었겠지. 우리가 지금까지 골치를 앓고 있는 것도 그 때문이고."

"그래서 어떻게 되었나요?"

소미가 물었다.

"결국 켄도 굴복해버렸지. 교수가 머리를 두 번 더 걷어차자 거대한 고대 신처럼 떠 있는 오리배 앞으로 엉금엉금 기어가더라. 그리고 모든 걸 포기하고 기괴한 소리를 냈어. 그 몸의 한 다섯 배 쯤 되는 뚱뚱한 동물이 죽어가면서 낼 법한 소리를. 우리 귀엔 그냥 뜻 없는 울부짖음처럼 들렸지만 아니었어.

그것은 짐승의 이름이었어."

7.

1년 반의 고생이 이렇게 끝나는구나. 결국 그동안 쌓은 모든 것들을 저수지 괴물에게 넘겨주고 그 일부가 될 운명이었구나. 포기하니 마음이 편해졌다. 하긴 일주일 전에 일어났어야 할 일이었다. 덤으로 얻은 일주일은 충분히 즐겁지 않았나? 마지막 몇 시간이 이렇게 끝난 건 아쉬운 일이지만 어차피 저것의 일부가 되면 억울함과 분노도 사라질 테지.

켄은 피로 떡진 머리칼 사이로 젤리에 덮인 오리들의 검은 눈동자를 올려다보았다. 나를 추수하러 왔구나. 그동안 나는 그냥 사육당한 것이었나? 그동안 싸우고 달아나고 숨으면서 스스로 쌓았다고 생각한 내 능력은 처음부터 저 영혼 없는 괴물의 소유였나? 저것은 돼지들을 살찌우듯 내 능력을 키우기 위해 지금까지 나를 굴렸던 걸까?

이리 와.

오리들이 합창했다.

켄은 눈을 감고 소멸을 준비했다. 보이지 않는 차갑고 작은 어린아이의 손과 같은 것이 와글거리며 얼굴과 목을 만지는 것이 느껴졌다. 그 애의 망가진 몸뚱어리에서 영혼을 뽑아내려는 것처럼.

"지금 뭐 하는 겁니까?"

딱딱하고 재미없는 목소리가 들렸다. 하 교수와 함께 온 장교 중 한 명이었다. 장교와 군인 들의 마음이 읽혔다. 그들의 어리둥절함과 짜증, 혐오가 읽혔다. 그와 함께 다른 것들이 읽혔다. 두 마리의 아나콘다를 포함한 프로스페로의 손발들이 소리 없이 저수지로 모여들고 있었다. 조각 난 시체들 중 비교적 멀쩡한 모습의 벌거벗은 여자도 한 명 있었다. 켄은 다른 시체들의 신경 뭉치들을 통해 왼쪽 눈 밑에 총구멍이 난 여자의 얼굴을 보았다. 민하였다. 두 달 전까지만 해도 대구시를 떠돌던 생존자 중 한 명이었다. 켄과 민하는 세 번이나 서로를 죽일 뻔했고 그럴 때마다 서로에게 욕을 퍼부으며 헤어졌었다.

하 교수와 장교가 언성만 높인 채 의미 없는 말싸움을 벌이는 동안 민하는 다섯 마리의 시체 조각들을 호위병처럼 거느리고 뒷걸음 치며 군인들 앞을 지나갔다. 군인 몇 명이 조그맣게 휘파람을 불었다. 그에 전혀 반응하지 않고 무표정하게 걸어가던 민하는 아무 예고도 없이 뒤로 넘어지듯 상체를 숙이더니 장교의 목을 꺾었다.

한동안 아무도 무슨 일이 일어났는지 눈치채지 못했다. 민하의 동작은 너무 비정상적이어서 군인들은 이를 일반적인 살인 행위와 연결시키지 못했다. 이미 정신이 프로스페로에게 잡아먹힌 교수가 몇 초 전까지 장교의 얼굴이 있던 허공에 대고 여전히 고함을 질러대고 있었기 때문에 더욱 그랬다.

다다닥 총소리가 들렸다. 민하의 몸은 발작이라도 일으킨 것처럼 스타카토로 춤추다 물속으로 떨어졌다. 총알 하나는 하교수의 왼쪽 안경을 뚫고 눈에 박혔지만 연설은 여전히 이어졌다.

오리들이 울부짖었다. 사람들은 비명을 지르며 쓰러졌다. 그들은 총을 떨어뜨리고 귀를 막았지만 그 울음소리는 귀를 통해 들어온 것이 아니었다. 고통을 견디지 못한 군인 한 명이 총구를 입에 물고 방아쇠를 당겼다. 몇 명은 몇 분 전 민하의 몸이 떨어진 저수지 물에 몸을 던졌다. 여기저기 수류탄이 터졌다. 오리들의 울부짖음이 커질수록 그들의 고통은 심해져갔고 이는 자기 파괴적인 광기로 연결되었다.

눈앞이 갑자기 밝아지고 얼굴이 화끈해졌다. 켄은 눈을 가리고 있던 피에 젖은 머리칼을 넘겼다. 머리가 날아간 오리들이 불타오르고 있었다. 몸을 일으켜 뒤를 돌아다보았다. 비틀거리며 다가오는 세니의 일그러진 얼굴이 보였다. 세니가 손을 한 번 휘젓자 왼쪽 오리배 한 척이 균형을 잃고 침몰했다. 그와 함께 소리가 잠시 줄었지만 영구적인 해결책은 아니었다. 오리 괴물들을 부리는 진짜 괴물은 여전히 저수지 밑에 있었다.

켄은 정신을 가다듬었다. 한동안 멍했던 머리가 느릿느릿 움직였다. 모두 나 때문이야. 저 괴물은 나를 증폭기로 삼아 저들을 공격하고 있어. 저들을 막을 수 있는 방법은 단 하나밖에 없어.

켄은 일어나 비척거리면서 세니 쪽으로 걸어가 양 손목을 잡았다. 입에 고인 핏덩어리를 뱉고 고함을 쳤다.

"날 죽여!"

세니는 고개를 저었다.

"다른 방법이 있을 거야."

"그, 그런 거 없어! 날 죽여! 그럼 조용해져!"

"있을 거야! 반드시 있어야 해! 기껏해야 저건 짐승이잖아! 우리가 없앨 수 있게 도와줘!"

켄은 주변을 둘러보았다. 긴 팔다리를 허우적거리며 보도 위를 방황하고 있는 찬우, 돌멩이로 자기 머리를 내리치고 있는 세훈, 불타는 오리배 앞에서 쓰러져 부들부들 떨다가 기절해버린 미래를 보았다. 다들 하찮기 짝이 없어 보였다.

하지만 세니가 맞았다. 만약 우리가 힘을 합친다면, 지금까지 쌓은 능력과 지식으로 저들을 보호하고 지휘할 수 있다면 켄은 지난 1년 반 동안 꿈도 꾸지 못했던 일을 할 수 있었다. 달아나고 포기하는 것 말고 다른 길이 있었다. 그동안 단 한 번도 꿈꾸지 못했던 새로운 길이.

켄은 눈을 감고 천천히 주변 사람들의 마음속으로 들어갔다. 세니를 진정시키고, 미래를 깨우고, 찬우를 흔들고⋯ 잠시 주저하다가 세훈을 받아들였다. 그들의 정신을 연결하고 안정시켰다. 목 없는 오리들의 울부짖음은 군인들의 비명 소리와 함께 커지기 시작했지만 이제 블루 스펙터스는 켄의 보호 아래 있었다.

간신히 정신을 차린 세 명이 켄과 세니에게 다가왔다. 켄은 그들의 마음을 건드리고 읽으면서 계획을 짰다.

"괴, 괴물은 저수지 밑에 있어."

켄이 말했다.

"너, 너희들이 생각하는 것보다 깊어. 구, 굴을 팠어. 깊이. 주, 주변엔 호위병들이 있어. 우, 우리가 움직이면 저수지 주변의 다른 시체들도 몰려들 거야. 시간이 없어. 무, 무조건 나를 믿고 마음을 열어줘. 이길 가능성도 별로 없고 다들 내가 싫겠지만⋯."

"그렇지 않아."

세니가 말했다.

켄은 뻣뻣하게 굳은 피부 밑으로 보일락 말락 서글픈 미소를 지었다.

"네, 네가 나를 징그러워한다는 걸 알아. 하, 하지만 괜찮아. 네 친절은 진짜니까."

켄은 마음을 뻗었고 저항을 멈춘 네 아이들의 정신 속으로 들어갔다. 이제 다섯 사람의 정신이 하나로 연결되었다. 그 애는 자신의 근육을 움직이는 것처럼 그들의 능력을 작동시켰다. 내가 맞았네, 현악 4중주의 비유는 그럴싸했어.

등 뒤가 시끄러워졌다. 머리 절반이 날아간 하 교수가 뜻 없는 말을 지껄이며 그들에게 걸어오고 있었다. 켄은 미래의 능력을 빌어 교수의 다리 근육을 조각조각 끊고 세니의 능력으로 남은 머리에 불을 질렀다. 파란 불꽃을 입에 머금고 뒤로 나자빠진 교수가 마침내 조용해지자 켄은 다시 말을 이었다.

"지, 지금까지 너희들은 차, 찬우의 능력을 방어용으로만 썼지. 하, 하지만 오늘은 조금 다르게 써보자. 저수지 물을 날려버려. 모세가 되는 거야. 준비됐어?"

8.

테이블 스크린에 뜬 사진들을 쓸어 넘기던 케네스 리의 손가락이 갑자기 멈추었다. 블루 스펙터스를 찍은 수백 장의 사진 중, 있어서는 안 되는 것이 끼어 있었다. 대구에서 육군 드론이 찍은 것이었다. 흙탕물과 피를 뒤집어쓴 네 명의 블루 스펙터스 멤버들이 사진 가운데에 서서 하늘에 뜬 드론을 올려다보고 있었고 오른쪽 아래에는 검붉은 그물망이 얼굴에 문신처럼 새겨진 뚱뚱한 아이가 볼썽사나운 자세로 주저앉아 있었다. 그 아이의 발밑에는 아나콘다의 불탄 잔해 일부가 살짝 보였다.

켄은 사진을 확대했다. 테이블 액정 위에 반사된 얼굴이 사진 속 뚱뚱한 아이와 겹쳐졌다. 이 사진만 보고 지금의 케네스 리와 연결할 수 있는 사람은 없으리라. 세월이 흐르고 나이가 들면서 많이 변하기도 했지만 당시 켄의 얼굴은 적사병 때문에 기형적으로 변형되어 있었다.

이렇게 막 돌아다녀서는 안 되는 사진이었다. 템페스트 작전은 아직까지 일급 기밀이었다. 당시 대구에서 일어난 일들에 대해 온갖 음모론이 돌았지만 이렇게 직접 정보가 누출된 적은 없었다. 다행스럽게도 이 사진을 올리고 공유한 사람들 중 어느 누구도 사진의 맥락을 읽지 못하고 있었다. 심지어 사진의 배경이 대구라는 것을 눈치챈 사람도 없었다.

카페 문이 열리고 사람들이 웅성거리는 소리가 들렸다. 고개를 들지 않아도 누가 들어왔는지 알 수 있었다. 켄은 스크린을 끄고 자리에서 일어났다.

미래는 아직 상복 차림이었다. 무표정한 얼굴 위에 베일처럼 살짝 쓰인 처연한 표정 때문에 마치 옛날 드라마 여자 주인공 같았다. 단지 미래는 지금 연기를 하고 있지 않았다.

외투를 대충 걸쳐 입고 단추를 채우면서 켄은 미래를 따라

나섰다. 운전사 없는 검은색 벤츠가 진눈깨비를 맞으며 그들을 기다리고 있었다. 두 사람이 뒷좌석에 타고 문이 닫히자 차는 천천히 상암동을 향해 출발했다.

"경찰이 그 설명을 받아들일까?"

켄이 물었다.

"아주 거짓말은 아니니까. 프로스페로 C-217의 급작스러운 발병으로 인한 사망."

미래가 대답했다.

"일주일 동안 의사도 찾지 않고 죽을 때까지 방에 박혀 있었 던 건 어떻게 설명할 거고?"

"대응용 루머는 이미 회사 작가들이 쓰고 있어. 그냥 전문가에게 맡겨둬."

미래는 손에 얼굴을 묻고 신음 소리를 냈다.

"이제 살아남은 블루 스펙터스 멤버는 나뿐이야. 어떻게 이럴 수가 있지. 난 아직 마흔도 안 되었는데."

"다른 애들은 몰라도 찬우는 백오십 살까지 살 줄 알았어."

"그러게."

켄은 영등포역 앞을 지나가는 몬스터 퍼레이드를 멍하니 바라보며 집 앞 빈터에서 농구공을 갖고 놀던 껑다리 소년의 행복한 얼굴을 떠올렸다. 그 평온한 행복함이 영원할 줄 알았다. 나흘 전에 발견한, 침대에 시뻘건 피를 토하고 죽은 해골 같은 시체와 그 소년이 같은 사람이라니.

켄은 세니의 죽음을, 블루 스펙터스의 해체를, 그 뒤에 명멸한 수많은 알파 히어로들을, 그리고 그 화려한 불꽃놀이 밑에서 그들을 실험 쥐 삼아 진행되었던 수많은 실험들에 대해 생각했다. 과학자들은 성공한다면 무한 에너지와 초광속 비행, 영원한 생명을 제공해줄 수 있다는 프로스페로 물리학의 비밀을 아직도 완전히 밝혀내지 못했다.

그리고 대한민국은 여전히 감옥이었다. 실험 쥐들의 감옥.

"아, 모르겠다. 다 말할래. 나 요새 하일 교수의 유령을 보고 있어!"

켄이 외쳤다.

미래는 양미간을 찌푸렸다.

"머리는 제대로 붙어 있어?"

"대체로 멀쩡해. 왼쪽 안경알은 깨졌지만. 요새 여기저기에서 나타나. 아까 카페에도 잠깐 들렀어. 그리고 노래를 불러."

"무슨 노래를?"

"바흐의 〈마태 수난곡〉에 나오는 복음사가 파트. 잘 부르더라고. 하인리히 렌츠 비슷해."

"그럼 하일 교수가 아니야. 그 사람, 음치였다고."

"그 양반은 죽기 몇 시간 전에 〈마태 수난곡〉에 집착하고 있었어. 보고서에 적지 않았기 때문에 살아 있는 사람 중 그걸 아는 건 그때 그 양반 마음을 읽은 나뿐이지. 그 유령은 나만 알고 있는 정보를 보내고 있어. 노래가 진짜가 아닌 건 안 중요해. 진짜 하인리히 렌츠가 복음사가였던 앨범에서 따왔는지도 모르지."

켄은 목소리를 높였다.

"회사 과학자들은 대구에서 프로스페로와 함께 거의 죽어버린 내 정신감응 능력을 어떻게든 살려보려고 했지. 그리고 최근 몇 년 동안 그게 어느 정도 성공한 것 같았어. 나뿐만 아니라 다른 정신감응 능력자들도 여기저기에 조금씩 나타났고. 하지만 그게 과연 그 사람들의 노력 때문일까? 환경이 바뀐 게 아닐까? 그리고 그 환경이 하일 교수의 기억을 훔쳐 읽고 보존하고 있는 어떤 존재들과 연결되어 있는 것이라면?

당시 대구엔 수성못 밑에 있던 그 괴물로부터 독립한 수많은 존재들이 있었어. 폭격 몇 번으로 그것들이 다 사라졌을 거라고 생각해? 내 능력이 조금씩 커지고 있는 건 프로스페로의 새끼들이 성공적으로 남한 전체에 퍼져나가고 있기 때문이 아닐까? 물론 그것들은 더 이상 어미가 갖고 있던 시꺼멓고 끈적거리는 몸을 갖고 있지는 않겠지. 지난 10여 년 동안 자신의 프로그램을 담을 수 있는 새로운 그릇을 찾았을 거야. 십중팔구 적사병에 감염된 사람들이나 동물들의 두뇌겠지.

그래, 어미. 하일 교수는 프로스페로와 적사병이라는 이름을 붙였을 때 그것을 아주 당연하게 수컷이라고 생각했어. 고전 문학을 좋아하는 교양인의 함정에 빠진 거지. 이름을 붙이는 순간 그 이름에 딸려온 선입견에 말려든 거야. 하지만 외계 생명체의 본성이 에드거 앨런 포나 셰익스피어와 무슨 상관이 있어? 그것은 암컷, 적어도 어미였다고 보는 게 맞아. 도시를 떠돌던 그 작고 독립적인 존재들은 진화 과정 중 발생한 돌연변이나 찌꺼기가 아니라 그냥 프로스페로의 새끼들이었다고. 프로스페로가 마지막에 벌인 이상한 행동들을 기억해? 생존에 하나도 도움 되지 않은 정보들을 뿌리고 우리를 수성못으로 유도한 것 말이야. 우린 그게 프로스페로의 프로그램이 망가졌기 때문이라고 생각했지. 하지만 지금 생각해보면 그건 논리적이었어. 프로스페로는 새끼들을 살리려는 어미처럼 행동한 거야. 새끼들의 생존 확률을 높이기 위해 곧 발각될 몸을 드러내고 스스로 적들의 표적이 된 거지. 그게 얼마나 성공적이었는지 봐. 우린 10여 년 동안 음험한 남자 마법사 괴물 이미지에서 거의 벗어나지 못했어."

"안산 연구소에서 그것들을 연구하던 사람들이 있었어."

미래가 말했다.

"알아, 그리고 라스푸틴의 마지막 공격 때 데이터 대부분이 날아가버렸지."

잠시 침묵이 흘렀다. 미래는 말없이 혼자 까딱거리는 운전대를 응시하고 있었고 켄은 피아노 치듯 무릎 위에서 손가락을 놀렸다. 차가 성산대교를 건너고 월드컵경기장이 시야에 들어오자 미래는 다시 입을 열었다.

"네가 아주 편리한 음모론을 만들어낸 것 알지? 네 이론으로 지금까지 우리가 골머리를 썩히고 있던 모든 게 단번에 설명이 돼. 지나치게 편리하지. 창조주 신처럼."

"하지만 그게 사실이라면? 내가 본 하일 교수의 유령이 환각이 아니라면? 그것들이 대화가 가능한 지적 존재로 성장했고 나에게 말을 걸고 있는 거라면? 우린 대화를 시도해야 해. 저것들과 우리 모두를 위한 탈출구가 어딘가에 열려 있을지도 몰라."

"우리를 이용해 지구를 정복하려는 음모일 수도 있어."

켄은 어깨를 으쓱했다.

"그래서 안 할 거야? 언제까지 이 지긋지긋한 슈퍼히어로 유니버스에 갇혀 있을래?"

아레나

2033년 12월 13일 오후 5시 14분, 대구 도시 철도 공사장에서 진홍색 젤리로 가득 찬 지층이 발견됐다. 젤리를 손으로 만진 건설 노동자 열네 명은 눈과 귀로 피를 뿜다가 모두 그날이 지나기 전에 죽었다. 남한 인구 3분의 1을 날려버린 적사병의 시작이었다.

1.

그날 밤 세니가 찬우를 찾아왔다.

베이지색 원피스와 연두색 카디건 차림이었다. 어깨까지 길게 기른 머리칼 밑의 창백한 얼굴은 20대 후반에서 30대 초반 정도로 보였다. 실제 세니가 한 번도 가진 적 없는 어른의 얼굴이었다. 몇몇 팬 아트 작가들이 모여 '살아 있었다면 지금 서른인 세니'라는 테마로 그린 그림들을 온라인에 올린 적이 있었다. 연두색 카디건과 베이지색 원피스, 그 밑에 살짝 드러나 보이는 하얀 운동화도 거기서 나왔을까. 꿈속에서 몽롱한 상태로 죽은 친구의 얼굴을 바라보던 찬우는 그 가설을 확인할 만큼 정신이 또렷하지 못했다.

"생일 축하해."

세니가 말했다.

적어도 찬우는 그렇게 말했다고 생각했다. 그 뒤에 세니가 서글픈 미소를 지으면서 한 말 모두가 찬우 자신과 어떻게든 관련이 있다고 믿었다. 그 믿음 속에서 세니의 말을 만들었고 해석했다. 하지만 그런 자기중심적인 망상이 꿈을 교란했다. 찬우는 세니가 그런 달짝지근한 말만 할 리가 없다는 걸 알았고 자신이 꿈을 꾸고 있다는 것을 알아차렸다. 그 순간 세니의 얼굴은 공기 속에서 연기처럼 흩어졌고 연두색 카디건만 남아 조용히 바닥에 깔렸다.

찬우는 눈을 떴다. 흘러내린 침을 닦고 갑자기 솟구쳐 나와 목구멍을 지진 위액에 몸서리를 쳤다. 침대에서 기어 나와 냉장고에서 결명차 병을 하나 꺼내 뚜껑을 땄다. 차가운 액체가 목구멍을 씻었지만 통증은 사라지지 않았다.

냉장고 시계를 봤다. 새벽 5시 55분이었다. 5가 세 개 겹친 숫자에서 초자연적인 의미를 찾으려는 순간 56분이 됐다.

더 이상 잠이 올 리가 없다는 걸 알게 된 찬우는 주섬주섬 옷을 챙겨 입고 컴퓨터를 켰다. 수십 년 된 재활용 부품들로 만든 두툼한 물건이었다. 나라 바깥 여기저기에 흩어져 있는 한국 대기업에서 꾸준히 최신 전자 기기들을 무인 선박과 드론을 통해 보내주었고 국내의 생산 기술도 기대 이상으로 발전을 유지하고 있었지만 쿼런틴하의 남한 땅에서 이전과 같은 과소비는 불가능했다. 전자 부품들은 목숨이 다할 때까지 재활용되었다.

찬우는 새로 들어온 메일을 확인했다. 대부분 인공지능이 작성해 자동 전송한 데이터였다. 나머지 하나는 케네스 리가 보낸 것이었다. 켄과 찬우는 지난 다섯 달 동안 K-포스의 알파 슈퍼히어로 팀 아퀼라의 공동 책임자였다. 사람들은 찬우만을 알았다. 세니, 찬우 그리고 이전 책임자 미래는 모두 K-포스의 첫 알파 히어로 팀 블루 스펙터스의 멤버였다. 따지고 보면 켄도 블루 스펙터스의 멤버이긴 했다. 하지만 그때나 지금이나 멤버들 뒤에 숨은 운영팀, 즉 그림자였고 대중은 이들에게 별 관심이 없었다. 한동안 알파 히어로였던 찬우와 미래 정도가 예외였다. 회사는 이들의 이미지를 전략적으로 이용했고 켄은 편안하게 동료들의 명성 밑에 숨었다.

켄의 글은 언제나처럼 사무적이고 단조로웠다. 고요가 죽고 산주가 팀을 떠난 뒤로 테스트 중인 예비 멤버 아미르와 성후에 대한 내용이 대부분이었다. 둘 다 겉보기엔 팀에 잘 적응하고 있었다. 특히 아미르의 보호자로서의 능력은 믿음직했다. 단지 켄은 성후의 폭력 성향을 통제하지 못할까 봐 걱정하고 있었다. 종종 녀석은 카메라 바깥에서 인종차별적으로 들릴 수 있는 아슬아슬한 발언으로 아미르를 도발했는데, 이게 누출된다면 팀 이미지에도 안 좋고, 무엇보다 아미르의 보호 능력에 영향을 끼칠 수 있다. 그러니 네가 가서 직접 만나 이야기를 하고 애를 좀 사람 구실을 하게 고쳐봐.

찬우는 키득거리며 웃었다. 성후는 답이 없었다. 훈련생 중 그나마 나아서 어쩔 수 없이 데려온 놈이었다. 켄이 그걸 모를 리가 없었다. 그냥 내가 카메라에 얼굴만 팔면서 일 없이 노는 걸 보기 싫었겠지. 어차피 내가 무슨 말을 해도 들을 리가 없다. 대충 비굴한 미소를 지으며 고개만 까딱거리다가 뒤에서 날 꼰대라고 비웃겠지. 찬우는 요새 애들을 이해할 수 없었다. 우리도 어른들에게 그런 말을 듣긴 했지만 저 애들 같지는 않았어.

한동안 소파에 앉아 꾸벅거리며 졸다가 샤워를 하고 몸단장을 하고 외출복으로 갈아입었다. 나가기 전 3초 정도 전신 거울을 들여다보았다. 안심이 됐다. 찬우의 외모는 블루 스펙터스에서 알파로 활동했던 때보다 지금이 나았다. 몸매는 군살

없이 날렵했다. 눈가의 주름 같은 건 없앨 수도 있었지만 일부러 남겼다. 슬슬 연륜을 보여주어야 할 때였다. 어렸을 때는 그냥 촌스럽기만 했고 꾸미는 건 다 주변 전문가들 몫이었다. 지금 찬우는 자신의 외모를 통제할 수 있었고 그 영향력을 이용할 줄도 알았다. 그거라도 할 줄 알아 다행이었다. 회장의 사망 이후 K-포스의 실질적인 리더였던 미래와 켄과는 달리, 찬우는 끝까지 어른으로서 역할을 찾지 못했다. 블루 스펙터스의 보호자로 활동했던 7년간이 가치 있는 인간으로 활동했던 유일한 시기였다.

아파트에서 K-포스 본사까지는 걸어서 10분 거리였다. 상암동의 빌딩숲은 쿼런틴 전과 비슷하면서도 달랐다. 모든 건물들이 풍력과 태양광 발전 시설을 갖추고 있었고 어딘가에선 감자를 키웠다. 지금 남한 사람들은 칼로리의 3분의 1을 감자에서 얻고 있었다. 그동안 사람들이 먹는 음식이 바뀐 걸 보면 신기하기 짝이 없었다. 특히 식용 곤충은 온갖 곳에 활용되었다.

본사 지하 1층으로 내려가자 희미한 피아노 소리가 들렸다. 슈베르트의 〈네 손을 위한 환상곡 F단조, D.940〉이었다. 저번 주엔 스트라빈스키의 〈두 대의 피아노를 위한 소나타〉였다. 회장이 죽자, 미래와 켄은 회장의 오락실이었던 방 하나에 업라이트 피아노 두 대를 끌고 왔고 거기서 연탄곡이나 이중주를 연습했다. 충분했다고 여겨지면 다음 곡으로 넘어갔고 한 번도 무대에서 공연한 적이 없었다.

노크 없이 들어간 찬우는 구석에 놓인 낡은 소파에 앉아 피아노 연주에 몰두하고 있는 동료들의 뒷모습을 바라보았다. 연주가 끝나고 의자에서 일어난 미래는 덤덤한 얼굴로 찬우를 바라보았다.

"성후에게 가봤어?"

"다들 아침 훈련 중일걸. 게다가 어제 엑스 스쿼드가 회사를 습격한다고 선언해서 그거 대비하느라고 바쁠 거야."

"남의 일처럼 말하지 마. 그것도 네 일이야. 그리고 성후와는 점심시간 때 이야기를 좀 해봐."

"그 녀석은 내 말을 안 들을 거라고!"

"적어도 말은 해봐야 우리가 나중에 뭘 해도 핑계가 생기지."

"성후 외에 대안이 있어? 훈련생 중 발화자야 많지만 그나마자기 힘을 통제할 수 있는 남자애는 걔뿐이야. 나머지는 조금만 전투가 거칠어져도 폭발하고 말걸."

"꼭 발화자가 필요하지 않을 수도 있어. 글로우도 발화자 없이 잘 버텨왔잖아."

"아퀼라는 글로우가 아니야. 역할이 분명해야 해. 걔들은 그런 식으로 싸우도록 훈련받았다고."

"언제까지 기존 방식을 고수할 수는 없어."

찬우는 아직도 피아노 건반을 쓰다듬고 있는 켄에게 눈으로 구조 신호를 보냈다. 켄은 미래와 찬우를 번갈아 보다가 한숨을 내쉬며 말했다.

"우린 지금까지 아퀼라의 이미지를 잘 써먹어왔지. 하지만 과연 아퀼라가 멀쩡한 팀이었나? 우리가 지금까지 그 녀석들이 저지른 짓들을 수습하느라 얼마나 애를 먹었는지 생각해봐. 무엇보다 지금까지 아퀼라 멤버들이 어떻게 죽었는지 생각해 보라고. 아퀼라의 가장 위험한 적은 아퀼라 자신이야. 아퀼라가 시행착오의 데이터를 제공해주었다면 우린 그걸 이용해야 해. 언제까지 기존 이미지에 갇힐 수는 없어. K-포스엔 아퀼라보다 더 잘하는 팀들이 있어. 그렇다면 아퀼라가 그 팀들에게 배워야지."

켄은 피아노 뚜껑을 닫으며 이야기를 마무리 지었다.

"따지고 보면 우리가 아퀼라를 계속 유지해야 할 이유도 없어."

2.

적사병 발발 이후 남한은 전 세계적 실험실이 되었다. 제주도와 몇몇 섬들을 제외한 모든 지역이 물리적으로 고립되었다. 어느 누구도 들어갈 수도, 나갈 수도 없었다. 수입 자원을 펑펑 쓰며 선진국 놀이를 하던 나라가 갑자기 자급자족의 운명과 마주했다. 석 달 동안 1,500만 명이 넘는 사람들이 적사병으로 죽은 건 오히려 축복이었다. 먹여야 할 입이 줄어들었고 평균 연령이 낮아졌다.

에너지와 식량의 자급자족 목표는 예상보다 빨리 달성되었다. 살아남아야 한다는 압박 속에서 수많은 기술이 실험되고 개발되고 적용되었다. 고국에서 개발된 신기술로, 남한의 다국적 기업들은 명성을 누렸다. 대몰살과 쿼런틴 때문에 암과 같았던 재벌 문화에서도 얼떨결에 해방되었다. 다른 나라도 지금의 남한처럼 한다면 지구 문명은 미래를 기대할 수 있을 것이다.

하지만 남한이 전 세계의 관심사인 이유는 따로 있었다. 적사병의 원인인 프로스페로 생태계는 소수의 생존자들을 초능력자로 만들었다. 그중 일부는 청소년기를 거치는 7, 8년 동안 어마어마한 힘을 갖게 됐고 옛날 미국 코믹북에서나 가능했던 온갖 일들을 벌였다.

미국이라면 이들은 자경대원이 되었을 것이다. 남한에서 이들은 회사에 들어갔다.

성후와의 만남은 예상대로 흘러갔다. 예측에서 1센티도 벗어나지 못하는 녀석이었다. 포기한 찬우는 이번엔 훈련생 둘과 함께 농구를 하고 있는 아미르를 찾아갔다. 성후 이야기를 직접 하지는 않았지만, 적당히 기운을 북돋워줬고 몇 분 동안 같이 코트 안에서 놀아줬다. 아미르는 별생각이 없는 것 같았지만 남 속을 누가 알겠는가. 지금처럼 알파 히어로 데뷔를 앞둔 상황이라면 더욱더 자기 생각을 숨길 것이다.

회사는 엑스 스쿼드 때문에 바빴다. 엑스 스쿼드는 라스푸틴의 죽음 이후 결집한 알파 악당들이 모여 만든 팀으로 이름엔 당연히 아무 의미가 없었다. K-포스를 습격하겠다는 협박도 특별히 될 게 없었다. 하지만 라스푸틴이 K-포스와 아미쿠스 임원들 열두 명을 날려버린 게 겨우 반년 전이었다. 라스푸틴이 그럴 수 있다면 다른 누구도 할 수 있었다.

무엇보다 엑스 스쿼드의 최근 활동이 수상쩍었다. 그냥 어중이떠중이 악당들이 저지른 일치고는 치밀했고 스케일도 컸다. 무엇보다 숨은 의도가 보였다. 금괴를 강탈하고 마음에 안 드는 공무원들을 살해하는 겉보기 이야기 뒤에 무언가가 숨어 있는 것 같았다.

한자경 회장은 이 모든 것 뒤에 클릭스가 숨어 있다고 봤다. 클릭스는 미국 기반의 다국적 제약 회사였다. K-포스와 아미쿠스가 지금까지 알파 히어로들을 갖고 한 연구와 실험 결과 상당수는 모두 한국 기반 대기업들이 독점하고 있었다. 수많은 집단이 그 데이터를 탐냈다. 알파 히어로들이 그 결과를 주지 않는다면 악당들을 선택할 수밖에 없다. 한자경은 클릭스가 엑스 스쿼드를 매수한 정도가 아니라 처음부터 이 알파 악당팀의 실제 운영자라고 믿었다. 엑스 스쿼드가 미쳐 날뛰며 도시를 부수는 동안 몸에 이식된 기기들이 그 데이터를 댈러스로 보내고 있을 가능성이 컸다. 수많은 용의자 중 왜 클릭스인가? K-포스의 해외 스파이들은 그 가설을 뒷받침하는 수많은 정황 증거들을 보내오고 있었다. 그리고 그에 대한 토론이 몇 시간 동안 강당에서 벌어지고 있었다.

찬우는 솔직히 클릭스가 무슨 짓을 하건 관심이 없었다. 누구라도 프로스페로 생태계의 비밀을 풀고 남한 땅을 둘러싸고 있는 이 장벽을 무너뜨리길 바랐다. 찬우는 어렸을 때 부모와 함께 대만에 한 번 가본 뒤로 이 나라를 떠난 적이 없었다. 찬우는 초능력자들의 격투장이 된 이 땅이 지긋지긋했다. 어디로든 나가서 돌아오고 싶지 않았다. 진짜 올리브 오일이 들어간 파스타를 먹고 진짜 커피 콩을 갈아 만든 커피를 마시고 싶었다. 아, 해외 팬들도 만나고 싶었다. 아직도 블루 스펙터스와 나를 기억하는 사람들이 몇 명 남아 있다면.

오후 6시가 넘자, 찬우는 강당을 떠났다. 다들 지쳐서 헛소리를 하기 시작할 무렵이었다.

구내식당에서 샌드위치와 디카페인 커피로 간단히 저녁을 먹고 아파트로 돌아가려는데, 글로우의 리더 미라솔의 작고 가녀린 몸이 획 하고 튀어나와 앞을 가로막았다. 어떻게든 눈에 뜨이지 않게 옆으로 돌아가려는 찬우와 그걸 막는 미라솔의 어색한 이인무가 시작되었다. 둘은 어정쩡한 거리를 유지하며 회전문을 열고 나왔다.

"제발. 다들 보잖아."

찬우가 속삭였다.

"보라지. 우리가 같이 있으면 이상한 사이인가?"

그렇지는 않았다. 적어도 통계상으로는 그랬다. 찬우와 미라솔을 엮는 팬픽 작가가 없지는 않겠지만 진짜로 두 사람이 애인 사이라고 믿을 사람은 거의 없을 것이다. 평생 고수해온 찬우의 사람 좋은 모범생 이미지는 조카뻘 되는 여자 팀 멤버와의 연애를 상상하는 데에 방해가 되었다.

두 달 정도 지속된 관계를 시작한 건 미라솔이었다. 남자들의 뻔한 변명처럼 들리겠지만 정말 그랬다. 찬우는 정말로 주어진 이미지대로 살려고 했다. 한때 알파 히어로였던 남자들 절반이 그렇듯 성기능 장애도 있었다. 무엇보다 키가 150도 안되고 빼빼 마른 미라솔은 취향이 아니었다. 어렸을 때부터 알파 히어로가 되지 않았다면 조금 더 컸을 거고 조금 더 어른스러운 몸을 가졌을 텐데.

미라솔이 찬우를 특별히 원했던 것도 아니었다. 둘의 연애 또는 연애 비슷한 것은 남한 땅에 떨어진 뒤 미라솔이 벌인 수많은 반항 중 하나였다. 그 반항 대부분은 회사 특히 고 김영천 회장을 향한 것이었다. 나머지는 솔직히 방향성도 안 보였다. 찬우와의 관계는 미라솔이 운 나쁘게 남한 땅에 떨어져 알파 히어로가 되지 않았다면 아직 갖고 있었을 수도 있는 욕망을 되살리려는 시도였다. 찬우는 약도 먹고 기구도 이용하면서 둘 사이의 관계를 유지하려 최선을 다했지만 돌아오는 건 너희들이 나를 괴물로 만들었다는 징징거림뿐이었다. 찬우는 눈치 없게 그 '괴물'이 '동성애자'의 은유냐고 물었고 그날로 둘의 관계는 끝이 났다. 하긴 글로우 같은 팀에 있으면서 '동성애자'를 '괴물'로 연결 짓기는 힘들었을 것이다.

그게 2년 전이었다. 그동안 김영천이 불타 죽었고 한자경이 회장이 됐다. 그리고 미라솔은 K-포스의 제주도 연구소 직원이었던 앨리스 최와 테일러 그린이 자기네 외동딸 미라솔이 프로스페로 생태계와 접촉하면 엄청난 초능력을 갖게 될 거라는 결론을 일련의 실험을 통해 내렸다는 사실을, K-포스도 그 사실을 알았다는 사실을 알게 되었다. 이것만으로는 미라솔이 반평생 넘게 만들고 있던 음모론을 증명하기엔 불충분했다. 하지만 죽은 김영천과 산 한자경에 대한 증오를 유지하기엔 충분했다.

찬우는 어떻게든 미라솔의 음모론을 격파하려고 최선을 다했다. 이 모든 건 우연의 일치가 재수 없이 겹친 것에 불과해. 도대체 누가 자발적으로 자기 아이를 남한 땅의 감옥에 가두겠어? 회사가 너를 노려 사고를 조작해 부모를 죽이고 너를 빼돌렸다는 가설도 어이가 없어. 너는 특별해. 맞아. 하지만 그런 수고를 해서 납치해야 할 만큼 특별할까?

이 모든 건 말이 됐다. 더 어이가 없는 건 미라솔이 슈퍼히어로와 악당 들이 미쳐 날뛰는 이 남한 땅의 아레나에서 그 누구보다도 뛰어났다는 것이다. 자기를 이렇게 만든 세상에 대한 울분이 최고의 알파 히어로를 만든 것이다. 이 모순적인 상황 속에서 미라솔은 언제나 왔다 갔다 했다.

"엑스 스쿼드 때문에 바빠야 하지 않아?"

찬우가 물었다.

"잠깐 이야기를 할 여유도 없어?"

미라솔이 쏘아붙였다.

"네 부탁은 들어줄 수가 없어. K-포스는 한자경이 필요해. 지금까지 구축해온 이미지가 사실이 아니라는 하찮은 이유만으로 포기할 수는 없어. 지금도 죽은 회장에 대한 온갖 소문이 떠돌고 있는데 이걸 막을 수 있는 사람은 한자경뿐이야. 네가 생각하는 사내 쿠데타는 그냥 어이가 없어. 난 최대한 네 편을 들어주고 싶어. 진심이야. 하지만 이건 아니야."

"그렇다면 도대체 당신이 할 수 있는 게 뭔데?"

"글쎄? 사람들 앞에서 예쁘게 웃고 듣기 좋은 말을 하는 것? 베타로 주저앉은 알파 보호자처럼 하찮은 존재가 있을까. 지금

내 초능력으로 할 수 있는 건 벌레를 쫓는 것뿐이야. 난 앞으로 평생 동안 모기에 물릴 걱정은 없겠지. 하지만 그 힘이 세상에 무슨 도움이 될까? 난 생각 없고 단순한 사람이야. 블루 스펙터스 때도 그랬어. 제발 앞으로도 그렇게 살게 내버려둬."

찬우는 등을 뚫어버릴 것 같은 미라솔의 시선을 느끼며 허겁지겁 걸음을 옮겼다. 오늘은 뉴욕 기반 K-팝 그룹 시버스가 두 번째 정규 앨범을 내는 날이었다. 빨리 집으로 돌아가 벽을 꽉 채우는 큰 화면으로 새 뮤직비디오와 공연 클립을 보며 세상을 잊고 싶었다. 엑스 스쿼드가 습격하건 말건 내가 알 게 뭐야….

언제나처럼 찬우는 조금 늦었다. 다섯 걸음도 걷기 전에 하늘에서 수십 개의 노란 점들이 상암동으로 내려왔다. 찬우와 미라솔 앞에 멋있는 자세로 착지한 건 분장이라도 한 것처럼 붉은 피부에 이상한 모양으로 뒤틀린 긴 팔다리를 가진 나이를 알 수 없는 백발의 남자였다. 남자는 엄마 앞에서 장난감을 던지며 울어대는 여자아이처럼 찢어지는 고음으로 소리를 질렀다.

"우리는 엑스 스쿼드다! 세상을 교란하고 회사들의 독재를 타도하고 진실을 밝힌다! K-포스여! 종말을 맞이하라!"

분명 더 할 말이 많았겠지만, 남자가 갑자기 튕겨져 나가 맞은편 가로등에 머리를 박고 쓰러지면서 연설은 끝이 났다. 미라솔이었다. 주변의 구경꾼들은 알 도리가 없었다. 현역 K-팝

안무가들이 정교하게 짜준 알파 히어로 동작은 사실 염력 공격의 기능과 별 상관이 없었다. 오히려 가장 큰 역할은 시선 분산이었다. 이번에도 남자는 K-포스 회사 건물 2층 창문을 열고 날아오는 알파들에 정신이 팔린 나머지 회전문 옆에서 양손을 청바지 주머니에 쑤셔 넣고 어정쩡하게 서 있는 미라솔을 알아차리지 못했다.

노란 별들은 계속 하늘에서 떨어졌다. 50명, 60명쯤 될까. 스쿼드라는 이름에 어울리지 않는 숫자였지만 알파 악당들이 그런 것에 신경 쓰는 걸 본 적이 없었다. 그와 함께 수백 대의 미니 드론들이 벌떼처럼 날아들었다. 절반은 회사 것, 나머지 절반은 근처 방송국과 개인 방송 사업자들이 보낸 것이었다. 몇몇은 발화자들이 뿜어대는 화염에 불타버렸지만 그 자리를 채울 새 드론은 계속 날아들었다.

찬우가 회사 건물로 들어가자마자 회전문과 창문 앞에 철로 만든 보호벽이 내려갔다. 그 전에 글로우 멤버들이 한 명씩 모습을 드러냈고 미라솔은 마치 처음부터 합을 맞추기라도 한 것처럼 자연스럽게 무리 속으로 녹아들었다. 아까 2층에서 쏟아져 나온 알파들도 스틱스와 오리온, 기타 훈련생 무리로 분리되었다. 아퀼라는 보이지 않았다.

찬우는 엘리베이터를 타고 지하 2층으로 내려갔다. 여기저기 뛰어다니며 고함을 질러대는 그림자들로 복도는 분주했다. 오히려 지휘실은 상대적으로 조용했다. 각각의 팀마다 열 명 정도의 그림자들이 대형 모니터들을 잡고 멤버들에게 지시를 보내고 있었고 벽 구석에 있는 불편해 보이는 빨간색 모노 블록 의자 안에 커다란 몸을 구겨 앉은 켄이 눈을 감고 이 모든 상황을 정신감응으로 통제하고 있었다. 켄은 K-포스의 가장 큰 자산이었고 모니터를 통해 보이는 정교한 오케스트라 연주와 같은 알파 히어로의 공격은 그 증거였다.

엑스 스쿼드의 3차원 공격은 조금씩 가라앉고 있었다. 그건 K-포스의 알파들이 비행 능력이 없는 알파 악당들을 날 수 있게 하는 염력자들을 한 명씩 무력화하고 있다는 뜻이었다. 그쪽도 이를 예상했는지 몇 분 전부터 지상층 공격에 집중하고 있었다. 벌써 폭탄이 세 개가 터졌다. 두 개는 스튁스의 보호자가 막아냈지만 세 번째는 회전문을 막고 있던 철벽에 제법 큰 구멍을 냈다.

"적들이 안으로 들어옵니다."

굵직한 남자 목소리가 울렸다. 이미 기다리고 있었다는 투였다. 그와 함께 건물 전체가 웅웅거리는 소리와 함께 흔들렸다. 위장 벽이 내려갔고 복도의 방향이 조금씩 바뀌었다. 침입자를 위한 함정이 만들어지고 있었다.

의자에서 일어난 켄이 찬우에게 손짓을 했다. 둘은 느긋하게 지휘실을 빠져나왔다. 다른 사람들이 보기엔 위기 상황이 막 시작된 것이지만 이제부터는 켄 없이도 통제가 가능한 단계였다. 물론 그와 상관없이 이야기는 회사의 작가들에 의해 조작될 것이다. 엑스 스쿼드의 능력과 위기 상황은 부풀려질 것이고 회사는 이를 마무리할 그럴싸한 결론을 제시하겠지. 그리고 한 30퍼센트 정도의 사람들만 그 말을 믿을 것이고 이를 설명할 수많은 음모론이 튀어나올 것이다. 진실은 그 음모론의 숲 속에 숨어 구별이 불가능해지겠지.

"이번엔 어떻게 된 거야?"

찬우가 물었다.

"엑스 스쿼드가 회사를 습격했고 우리도 맞서는 중이지. 엑스 스쿼드의 서사에 따르면 K-포스는 대구에서 무언가 수수께끼의 물건을 발견했고 그걸 본사 지하실에 숨겼어. K-포스가 그걸 이용해 소속 알파들에게 힘을 주고 있는 거지. 언젠가 우리는 그 물건의 비밀을 밝혀낼 거고 그 힘으로 남한, 그리고 세계 전체를 지배할 거야. 엑스 스쿼드는 그 물건을 빼앗아 대중에게 공개하려는 거고. 자기네들을 무슨 로빈 후드로 알아."

"거기에 대해서는 나도 아까 들었어. 그건 걔들 생각도 아니지 않아? 몇 년째 비슷비슷한 음모론이 돌고 있었는데 몇몇 팬픽 작가들이 그걸 설정으로 써먹었고 엑스 스쿼드가 그걸 진짜로 믿어버린 거지."

"독창성이란 찾아볼 수 없는 녀석들이야. 하지만 그 생각을 받아들인 게 과연 우연일까? 아니면 클릭스가 배후에 있는 걸까? 클릭스가 배후에 있다고 쳐. 그쪽에선 아무래도 우리가 무언가를 숨기고 있는지 알고 싶어 하겠지. 단지 그건 대구에서 가져온 신비한 무언가가 아니라 지금까지 우리가 쌓아둔 연구 데이터인 거고."

"우리 지하실엔 진짜로 대구에서 가져온 신비한 무언가가 있잖아. 프로스페로 샘플 말이야."

"하지만 20년 동안 실험했어도 알아낸 게 별로 없잖아. 우리의 초능력이 어떻게 만들어졌는지 아직도 모르는 것처럼. 클릭스라고 좀 나을까.

"나을 수도 있어. 우리가 갖고 있는 걸 모두 공개하고 더 많은 사람들이 머리를 맞댄다면."

"하긴 저번 회장이 너무 많은 걸 숨겨놓긴 했지. 언젠가는 그것들도 공개를 해야 해. 하지만 이런 식으로 강탈당해서는 안 되지. 자존심의 문제잖아."

비명 소리와 총성, 폭발음이 벽 너머에서 들려왔다. 켄의 커다란 얼굴은 침울해 보였다. 저 녀석도 나처럼 이 미래 없는 싸움에 질려 있는 거다. 찬우는 생각했다. 끝나지 않는 프로레슬링, 격투장을 둘러싼 보이지 않는 거대한 벽들. 우린 언제까지 이곳에 갇혀 살아야 하는 걸까.

숨이 막혔다.

마지막 비명 소리가 멎고 주변이 조용해지자 켄은 복도 끝의 녹색 문을 열었다.

문 너머는 피투성이였다. 시체들은 찢겨 있었고 몇몇은 불에 타 있었다. 대부분 엑스 스쿼드 무리였다. 방 가운데에서 석탄처럼 붉은빛을 내며 달아오르다 하얗게 식어가는 시체 하나를 제외하면.

"성후야."

켄이 말했다.

"엑스 스쿼드에게 당한 건가? 아니면⋯."

찬우가 물었다.

"어떻게 된 건지 찬우 선배에게 말해줘, 아미르."

찬우는 그때서야 그늘진 구석에 서서 씩씩거리는 아퀼라 멤버들을 볼 수 있었다. 입고 있는 사복은 피와 재로 얼룩져 있었고 불에 그을려 있었다. 몇몇은 얼마 전까지 있었던 아드레날린 분출의 후유증 때문인지 키득키득 웃고 있었다. 지금 숯덩어리가 된 시체가 얼마 전까지 자기네 후배였다는 생각은 전혀 안 드는 것 같았다.

"자연 발화했습니다."

아미르가 차분하게 대답했다.

"정체가 탄로 나자 저희를 공격했습니다. 제가 보호막을 쳐서 막았고 청유 선배가 염력으로 공격했습니다. 그리고 그 순

145

간 갑자기 몸에 불이 났습니다. 자기 성질을 견뎌내지 못한 것 같았습니다. 발화자에게 이런 일이 일어날 수도 있다는 건 알고 있었습니다만."

아마 사실일 것이다. 어차피 이 방의 멤버들 중엔 성후를 공격할 수 있는 발화자가 없다. 그리고 분명 어딘가에 하나 이상 박혀 있는 카메라가 이 학살을 기록하고 있었을 것이다.

"성후는 처음부터 엑스 스쿼드의 스파이였나? 그걸 너희들은 알고 있었고?"

"아니, 그렇지는 않았어."

켄이 설명했다.

"나한테 야단을 몇 번 맞자 비뚤어진 거지. 녀석은 내가 아미르를 자기보다 더 잘 대우해주는 게 이해가 안 되었던 거 같아. 그래서 나랑 K-포스 모두에게 복수를 해야겠다고 생각하고 엑스 스쿼드를 찾아간 거야. 그걸 엑스 스쿼드를 추적하던 아미쿠스의 스파이가 알아내서 어제 우리에게 알려줬어. 하찮은 놈인 줄 알았지만 이렇게까지 하찮은지 몰랐지."

"녀석이 배반자인 줄 알면서도 나에게 그런 일을 시켰어?"

"소용없다는 건 알았지만 그래도 기회를 주고 싶었어. 네 말은 들을 수도 있었으니까. 그리고 네가 그렇게 나서주기라도 해야 우리 작가들에게 쓸 재료가 생기지. 그깟 일로 회사를 배반한 생도 이야기를 있는 그대로 발표할 수는 없잖아. 게다가

녀석의 아빠는 심기윤 차관이야. 아들 잃은 애비에게 있는 그
대로의 사실을 들려주면 어떤 이야기를 따로 만들어 맞설지
생각해보라고."

이런 이야기를 듣고 있는 아퀼라 멤버들은 심드렁해 보였다.
더 이상 웃음소리도 들리지 않았다. 대부분 일상화된 사실 조
작에 신물이 났겠지.

처음부터 이렇지는 않다. 블루 스펙터스 초창기만 해도 사
실은 중요했다. 재미를 위해 양념을 치고 이미지를 미화하고
몇몇 중요한 사실은 감추기도 했다. 그래도 사실의 큰 덩어리
는 남아 있었다. 하지만 전투와 오락을 구분할 수 없게 되고 회
사마다 쌓아놓은 비밀이 많아지자 사실은 점점 존재감을 잃었
다. 이제 사실은 수십 개씩 쏟아져 나오는 이야기 속에서 이렇
게도 저렇게도 쓰일 수 있는 재료일 뿐이었다. 쟤들은 저런 삶
을 사는 게 좋을까. 저게 무슨 의미가 있을까.

문이 다시 열리고 회사 연구원들이 우르르 몰려들었다. 그들
은 현장 사진을 찍고 들것으로 시체를 옮겼다. 잠시 뒤엔 회사
작가들이 들어와 각각의 멤버들과 인터뷰를 시작했다. 맨 처음
엔 사실을 물었고 그다음에는 생각을 물었고 마지막으로는 어
떤 이야기를 만들지 말았으면 하는지를 물었다. 아마 아퀼라의
그림자 팀은 이미 성후의 완벽한 CG 모델을 갖고 있을 것이고
작가들이 이야기를 결정하면 그걸 갖고 지금의 죽음을 설명하

는 작은 영화를 만들 것이다. 그리고 그건 공식적인 사실이 되겠지. 그럭저럭 많은 사람들이 게으르게 믿는.

찬우는 그들을 방에 남겨놓고 복도로 걸어 나왔다. 중간에 미래와 한자경을 마주쳤지만 아는 척도 하지 않았다.

3.

블루 스펙터스가 최초의 알파 히어로 팀으로 선두를 걸었다면 K-포스의 두 번째 팀인 아퀼라는 이후 나올 모든 알파 히어로 팀의 전형이 되었다. 팀원 선정, 훈련 방식, 전투 스타일, 무엇보다 뒤에서 그림자 팀을 운영하는 방식까지. 『알파 히어로의 시대』의 저자 클라리스 륭이 냉소적으로 말한 것처럼 아퀼라의 탄생은 모든 거짓말의 시작이었을지도 모른다. 하지만 당시 남한 사람들에게 가해진 극도의 정신적 고통을 생각해보면 그런 거짓말은 당연한 것일 뿐만 아니라 필수적인 무언가가 아니었을까.

찬우가 아파트로 돌아왔을 때는 이미 10시가 넘어 있었다. 소파에 앉아 시버스의 새 뮤직비디오와 컴백 쇼를 보고 나니 11시가 넘었다. 그리고 정확히 11시 11분이 되자 문이 열리고 미라솔이 들어왔다. 비밀번호를 알려준 기억은 없었다. 하지만 미라솔이 그런 사소한 일에 신경 쓸 거라 생각하는 건 오히려 이상한 일이었다.

"그림자 팀이랑 인터뷰 안 해도 돼?"

찬우가 말하자 미라솔은 고개를 저었다.

"짧게 끝났어. 우린 아퀼라가 아니야. 우리 이야기의 사실률은 70퍼센트가 넘는다고. 아퀼라나 오리온과 엮이지 않는다면 80퍼센트까지 올라가."

"나머지 20퍼센트는 다 네 것이겠지."

"누군가는 악역이 되어야 하니까."

미라솔은 세니의 사진이 렌티큘러로 인쇄된 네모난 플라스틱 조각을 청바지 주머니에서 꺼내 찬우의 배에 떨구었다. K-포스의 기념품 가게에서 파는 메모리 저장 장치였다.

"엑스 스쿼드 일당 중 하나가 죽은 회장의 금고에서 꺼낸 걸 내가 빼앗았어."

"그 녀석은 어떻게 됐고?"

"하필이면 성후 옆에 있었지. 불타서 죽었는지, 죽고 나서 불탔는지는 모르겠어. 그건 회사에서 정해주겠지."

찬우는 메모리 저장 장치를 손가락으로 집어 올렸다. 각도가 바뀌면서 세니의 얼굴은 웃는 표정과 무표정 사이를 오갔다.

"이건 뭐야?"

"'그날' 드론이 성수동에서 찍은 동영상. 다 폐기했지만, 회장이 하나 보관하고 있었어."

찬우가 허겁지겁 소파에서 일어나자 저장 장치는 튕겨져 나가 소파 밑으로 들어갔다.

"설명할 수 있어."

"그래? 수십 번은 돌려봤지만 답은 하나던데? 세니 선배의 죽음에 책임이 있는 사람이 세훈 선배뿐만 아니었어. 겁쟁이가 하나 더 있었다고."

"네가 전체 그림을 못 봐서 그래. 내가 그때 나섰다면 모두가 죽었어."

"하지만 세니 선배는 미래 선배를 구하러 나섰잖아. 그때 가장 옆에 있어야 했던 건 누구지? 보호자야. 왜 거기 있지 않았어? 왜 세훈 선배에게 다 뒤집어씌웠어?"

"둘보다 하나가 나았으니까! 내가 이미지가 더 좋았으니까! 세훈이는 그래도 변명이 가능했지만 나는 어려웠어! 무엇보다 나를 찍은 드론 영상이 거의 없었어! 이야기를 만들기 좋았지. 그래서 회장이 말했어. 돌이킬 수 없는 일, 너무 크게 만들 필요가 없다고."

"그걸 켄 아저씨랑 미래 선배도 알아?"

"몰라. 모를 거야. 잘 모르겠어. 나랑 회장만 아는 일이었어. 그건 내 유일한 실수이고 거짓말이었어. 넌 글로우 이야기의 사실률이 70퍼센트가 넘는다고 자랑했지. 우린 90퍼센트야.

나만 따지면 95퍼센트가 넘어!"

"그 5퍼센트의 거짓말 중 하나가 좀 크지 않아?"

"맞아. 컸어."

"그리고 그건 우리가 하는 모든 거짓말의 시작이었어."

"그렇지는 않아. 그렇지는 않아. 그렇지는 않다고."

미라솔은 소파 밑에 저장 장치를 꺼내 다시 주머니에 넣었다.

"이제 어떻게 할 거야?"

찬우가 물었다.

"모르겠어. 나도 전략적으로 생각해야지. 회사, 당신이 그리고 죽은 회장이 그랬던 것처럼. 무기가 생겼는데 안 쓰는 건 너무 이상하지 않아?"

미라솔은 들어올 때처럼 아무 인사도 없이 나갔다. 찬우는 멍하니 막 닫힌 회색 문을 노려보았다. 몇 분 전까지만 해도 가능했을 수도 있었던 수많은 해법들이 느릿느릿 떠올랐다. 하지만 그것들이 정말 먹혔을지는 알 수 없었다. 찬우는 미라솔의 상대가 안 됐다. 지난 10여 년 동안 누구의 상대도 된 적 없었다. 예쁘게 웃어주고 듣기 좋은 말만 하는 것. 그게 회사에서 찬우의 유일한 역할이었다.

이것도 언제까지 가능한지 알 수 없었다.

찬우는 소파에 누워 눈을 감았다. 블루 스펙터스 시절의 영광스러운 기억들이 영화처럼 촤르륵 펼쳐졌다. 그 운명의 날만 오지 않았다면 자랑스럽고 아름다웠을 그 모든 일들. 단지 세훈의 얼굴은 잘 기억이 나지 않았다. 켄과 미래의 옛 얼굴도 점점 기억하기 어려워졌다. 오로지 세니의 얼굴만 남았다. 우리 중 서른을 넘긴 적 없는 유일한 멤버. 사실률과 회사 작가들 따위에 신경 쓰지 않아도 되었던 유일한 멤버.

그런 세니의 유령이 천천히 찬우에게 다가오고 있었다. 그을음과 피로 얼룩진 유니폼 차림으로. 유령은 서글픈 미소를 지으며 지저분한 왼손을 내밀고 말했다.

이리 와.

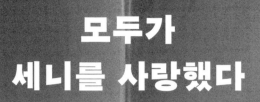

모두가
세니를 사랑했다

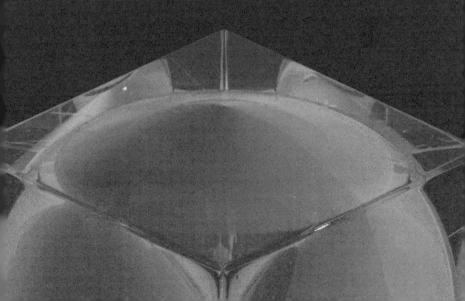

1.

케네스 리 & 서미래 피아노 듀오 리사이틀

2055년 11월 11일 오후 7시 30분

장소: LK 체임버홀

요금: 무료

프로그램

Richard Rodney Bennett

Four Piece Suite (Divertimento for 2 pianos)

Cécile Chaminade

155

Duo Symphonique pour 2 Pianos, Op. 117

Darius Milhaud

Scaramouche, Op. 165b

중간 휴식

Samuel Barber

Suite "Souvenirs" for 4 Hands, Op. 28

Francis Poulenc

Sonate à quatre mains FP 8

Nikolai Kapustin

Sinfonietta in C major, Op. 49

☞ 앙코르 곡 정보

Johann Sebastian Bach

Sonatina from Cantata "Gottes Zeit ist die allerbeste Zeit"

BWV 106 (Arr. For Piano Four Hands by György Kurtág)

서미래

Francois Couperin

Le Tic-Toc-Choc, ou Les Maillotins

케네스 리

Domenico Scarlatti

Keyboard Sonata in G major, K.427

2.

연주회는 대성공이었다.

켄은 처음엔 이게 조금 반칙이라고 생각했다. 아무래도 켄과 미래가 피아노를 치는 동안 발산하는 긴장감은 라디오 방송처럼 LK 체임버홀의 관객들에게 직접 전달될 테니까. 관심 없는 관객이라고 해도 무대 위에서 연주하고 있는 두 피아니스트의 흐름 속에 동참할 수밖에 없었다. 켄은 알파 히어로들을 지휘하고 있을 때 하는 일을 미래와 관객들에게 했다.

하지만 그 능력은 온라인을 통해서까지 전달될 수는 없었다. 그리고 중계 영상의 댓글을 읽어보면 반응은 그냥 괜찮은 것 이상이었다. 심지어 가디언과 그라모폰을 포함한 제법 굵직한 해외 매체에서 리뷰를 썼다. 모두 켄과 미래를 아마추어가 아닌 진지한 전문 피아니스트처럼 그리고 있었다.

서미래의 피아노 실력은 전부터 알려져 있었다. 블루 스펙터스 브이로그에서 미래는 종종 피아노로 클래식과 직접 편곡한 영화 음악을 연주하곤 했다. 가끔은 윤세니와 함께였다. 두 사람 모두 살상 병기가 본업인 아마추어치고는 지나치게 잘 쳤고 그 때문에 사람들은 종종 혼란스러워했다.

그 뒤에는 켄이 있었다. 블루 스펙터스의 그림자에 참가하는 동안 켄의 피아노 실력은 서서히 미래와 세니에게 흘러 들어갔다. 두 사람은 모두 이전부터 피아노를 칠 줄 알았고 그게 켄의 실력이 스며들 수 있는 기반이 되어주었다. 악기 연주에 관심이 없었던 찬우와 세훈은 아무 영향도 받지 않았다.

죽은 김영천 회장은 켄의 피아노 레슨을 장려했다. 피아노 연주와 같은 복잡한 기예가 초능력을 통해 전달될 수 있다면 그보다 실용적인 기술 역시 전달되고 통제될 수 있었다. 켄의 능력이 어디까지인지를 아는 건 중요했고 피아노는 중요한 연구 수단이었다.

켄이 자신의 능력을 가다듬으면서 피아노의 중요성은 조금씩 낮아졌다. 그래도 위험할 정도로 모든 걸 공유하는 글로우의 멤버들은 모두 켄의 능력을 어느 정도 물려받은 피아니스트였다. 아퀼라에도 몇 명 있었다. 고요와 인호. 모두 죽었다. 두 사람이 함께 치던 〈젓가락 행진곡〉이 아직도 종종 떠올랐다. 고요는 팀에 적응하지 못해 방황하는 인호를 위해 뭐든지 했다. 녀석은 아퀼라의 세니였다. 무리 안에서 적응하지 못하는 멤버들을 보듬는.

초창기 때부터 팬픽 작가들은 K-포스에 텔레파시와 같은 특별한 능력을 가진 누군가가 있고 그 사람이 회사 소속 멤버들에게 영향을 주고 있다는 가설을 굴리고 있었다. K-포스에 수상쩍을 정도로 능숙한 피아니스트가 많다는 것도 그 가설을 이루는 단서였다. 이 모든 자잘한 단서를 모아 썩 그럴싸한 초상화를 그려낸 사람도 몇 명 있었다. 이들이 틀린 건 단 하나. 켄의 외모였다. 다들 켄을 외모 때문에 알파 팀에 들어오지 못하고 밀려난 경호팀이나 보안팀 일원이라고 여겼다. 몇몇 작가들은 이들에 대한 글을 썼지만 그건 팬픽이 아닌 순문학으로 분류됐다.

켄의 존재는 이제 비밀이 아니었다. 김영천 회장이 죽고 실제 권력이 서미래에게로 넘어가면서 은폐되었던 회사 정보들이 조금씩 공개되었다. 그렇다고 회사가 '진실'을 말하기 시작했다는 것은 아니었다. 김영천이 만든 이야기가 하나씩 폐기되면 미래가 쓴 이야기가 그 자리에 조금씩 흘러 들어갔다. 미래는 켄을 옆에 두어야 했고 그 이유를 대중에게 설명해야 했다. 회사 작가들은 블루 스펙터스 시절부터 시작된 K-포스의 이야기에 켄을 여기저기 끼워 넣었다. 여기서 피아노 이야기는 중요했다. 피아노 연주와 같은 예술이 개입되면 켄은 덜 괴물 같아 보일 것이다. 적어도 외모가 주지 못하는 매력을 더해줄 수 있을지 모른다.

연주회를 제안한 것도 미래였다. 어쩌다가 알파 히어로 일을 맡게 된 피아니스트라는 이미지를 위해서는 이만큼 좋은 게 없었다. 온라인에 피아노 연주 영상을 몇 개 올리는 방법도 있었지만, 연주회가 더 효과적이었다. 그리고 옆에는 반드시 미래가 있어야 했다.

둘은 레퍼토리를 짜면서 한동안 즐거운 시간을 보냈다. 켄은 프랑스 작곡가, 특히 프랑시스 풀랑크 중심으로 가고 싶었지만, 미래의 반발에 부딪혔다. 그래도 풀랑크를 포함한 프랑스 작곡가 세 명은 남았고 빈자리엔 재즈 분위기가 들어갔다. 곡을 선정하고 연습하는 동안 미래는 그동안 거의 꺼낸 적이 없었던 아버지 이야기를 했다. 외모에서부터 음악 취향까지 거의 모든 걸 물려주었지만 결코 좋아할 수 없었던, 아마도 오래전에 알파 갱들에게 사지가 찢겨 한강의 물고기 밥이 되었을 그 남자에 대해.

날짜는 11월 11일로 잡았다. 그날의 의미를 모르는 사람은 없었다. 세니의 기일이었다. 온라인에서는 벌써 연주회의 레퍼토리에서 숨은 의미를 읽으려는 사람들이 있었다. 그런 건 없었다. 적어도 본 레퍼토리 안에는. 심지어 잠시 넣으려 했던 풀랑크의 〈엘레지〉도 그렇게 읽힐까 봐 일부러 뺐다. 하지만 그 연주회가 강령회였다는 사실은 부인할 수 없었다. 두 사람이 피아노를 연주할 때는 늘 근육에 녹아든 기억과 함께 잠자고 있던 세니의 일부가 살아났다.

이상하게 들릴지 모르겠지만, 블루 스펙터스가 해체된 건 세니의 유령 때문이었다. 팀이 켄의 지휘를 받을 때마다 현장에서 뛰는 세 사람은 늘 곁에 있을 리가 없는 세니의 존재를 느꼈다. 보여서는 안 되는 것이 보이는 상황에서 전투가 제대로 진행될 수가 없었다. 블루 스펙터스는 회사의 다른 팀에 밀렸고 몇 년 지나지 않아 힘이 시들기 시작했다. 여전히 능력이 남아 있는 켄은 알파 팀의 훈련부로 넘어갔고 미래는 대학에 들어갔다.

그 무렵부터 미래와 켄은 남들에겐 연애처럼 보이는 것을 시도했다. 그들이 진짜 했던 것은 데이트보다는 강령술에 가까웠다. 두 사람의 정신과 몸에 흩어져 있던 세니의 감각을 모아 되살리는 것. 가장 효율이 높은 것은 피아노 연주였다. 두 사람이 세니와 함께 연주했던 모든 곡이 소환되었다.

미래와 켄이 긴 의자에 나란히 앉아 카푸스틴의 〈신포니에타〉를 연주할 때 두 사람은 모두 옆에 앉은 파트너 대신 세니의 존재를 느꼈다.

3.

"한참 망설이던 그는 스카를라티의 소나타 K.427을 골랐다. 그게 나을 거 같았다. 더 논리적이니까. 더 이성적이니까. 내가 붉은 점박이 뚱보 괴물이 아니라 생각하는 인간임을 보여주어야 하니까."

"그게 뭐니?"

미래가 물었다.

"블루 스펙터스 팬픽이에요. FakePaprika란 사람이 쓴. 켄이 블루 스펙터스랑 처음에 만났을 때를 상상한 글이에요. 몇 달 전에 읽었는데 연주회 때 앙코르 곡을 듣고 다시 찾아봤어요. 스카를라티의 소나타들은 제목을 기억하기가 어려워서 확인해야 했어요. 어제 켄이 앙코르로 연주한 곡이 그거 맞죠?"

지나가 대답했다. 아직도 시선은 폰에 고정되어 있었고 스캐너 안에 들어가 있는 왼손을 꼼지락거리고 있었다.

"맞아, 맞을 거야. 아니라면 스카를라티의 다른 소나타였겠지."

"정확히는 모르고요?"

"우리랑 처음 만났을 때 걔가 스카를라티를 연주했던 건 맞아. 그리고 아마 칠팔십 퍼센트 정도는 K.427이었던 거 같아. 하지만 다른 곡이었을 수도 있어. 그걸 반드시 기억해야 한다고 생각하지는 않았어. 켄도 그랬고 나도 그랬고. 죽기 전의 세니는 정확하게 기억하고 있었을지도 몰라. 하지만 나와 켄은 아마도 그 곡이었을 거라고만 생각해."

"켄이 그래서 연주한 건 맞고요?"

"맞아."

"FakePaprika는 그걸 어떻게 알았을까요."

미래는 어깨를 으쓱했다. 미래도, 켄도 대구에서 있었던 그 일에 대해 회사 바깥 다른 사람들에게 이야기한 적이 없었다. 보고서에도 그 곡에 대한 언급은 없었다. 심지어 블루 스펙터스의 남자 멤버들과도 이야기한 적이 없었다. 스카를라티의 이름은 켄, 미래, 세니 사이에서만 돌았다.

폰을 열고 지나가 읽던 팬픽을 읽었다. 그럴싸했다. 당시 켄과 하일 교수의 머릿속에 무슨 생각이 돌고 있었는지는 누가 알겠냐만 적어도 사건 전개는 거의 일치했다. 하일 교수의 노트는 정확한 인용과 거리가 멀었지만, 실제 노트는 정리되지 않았을 뿐, 팬픽에 담긴 것과 크게 다를 거 없는 내용을 담고 있었다. 이야기를 정리하기 위해 삽입된 미래와 글로우 멤버들의 대화는 전적으로 창작이었다. 하지만 글로우 팀의 대화 분위기는 은근히 잘 잡아낸 편이었다.

팬픽이 비밀로 묻혀야 할 무언가를 폭로하는 경우는 많았다. 일단 수가 너무 많아 아무것도 모르는 상태에서 쓴 글이 우연히 진실에 다가가는 건 충분히 있을 수 있었다. 몇몇 알파 히어로 멤버는 팬픽 캐릭터 해석에 따라 행동했고 심지어 팬픽에서 벌어진 일을 실제로 일어난 사건처럼 기억하고 거기에 맞추어 행동하는 경우도 있었다. 하긴 팬픽 영화나 만화까지 보다 보면 시청각 기억이 혼선을 빚는 건 당연했다. 그렇다고 보지 말라고 할 수도 없었으니 인기 있는 팬픽에 대한 정보를 갖는 건 정보 통제와 이미지 구축에 필수적이었기 때문이었다. 실제로 인기작 상당수는 회사 작가들의 작품이었다.

FakePaprika의 글은 회사에서 나온 게 아니었다. 이전 직원 것일까. 그것도 아니다. 그들은 모두 치밀하게 관리되고 있었다. 작가의 이전 글들은 특별할 게 없었다. 대부분 글로우 팬픽이었고 스튁스 것도 한 줌 정도 됐다. 몇 개는 괜찮고 아이디어도 쓸 만해서 회사 그림자 직원들 사이에서 돌았다. 하지만 지금처럼 수상쩍은 적은 없었다. 혹시 최근에 능력이 깨어난 안테나인 걸까? 어쩌다 보니 당시의 기억이 그쪽으로 흘러간 걸까?

미래는 FakePaprika의 이름을 감시 리스트 명단에 올렸다.

스캐너 뚜껑이 열렸다. 지나는 기계에서 풀려난 왼손을 가볍게 털었다.

둘은 문을 열고 나갔다. 실험실에서는 나머지 글로우 멤버와 그림자 멤버들 그리고 엘리 러더퍼드 박사가 기다리고 있었다.

회사에서는 러더퍼드를 '운 없는 엘리'라고 불렀다. 학회 때문에 한국에 왔다가 인천공항에서 200미터도 떨어지지 않은 곳에서 일어난 교통사고로 30분 뒤에 출발하는 비행기를 놓쳤고 결국 쿼런틴에 걸려 한반도에 갇힌 캐나다인이었다. 정작 당사자는 여기에 대해 별 고민이 없어 보였지만.

미래와 지나가 자리에 앉자, 투명 스크린 위에 영상이 떴다.

"알파 히어로의 수명은 6년에서 8년 사이입니다."

러더퍼드 박사는 치찰음과 경음이 살짝 흐릿한 것을 제외하면 외국인의 것처럼 느껴지지 않는 한국어로 말했다.

"보통 3년째에 최고점을 찍고 그 뒤로는 조금씩 능력을 잃습니다. 최고점에서 70퍼센트 정도 떨어졌을 때 능력은 급감하고 베타가 됩니다. 우린 이 시기를 95퍼센트 정도의 정확성으로 예측해왔고 계획에 반영할 수 있었습니다. 지금까지는요."

러더퍼드 박사가 손을 휘젓자 스크린 위에 새로운 그래프가 떴다.

"글로우 팀의 그래프입니다. 이건 최근 3개월간의 기록입니다. 뭐가 이상한지 보이시죠? 미라솔 그린-최는 이미 한 달 전 베타가 되었어야 했습니다. 그런데 그런 일은 일어나지 않았습니다. 오히려 일부 능력이 상승하고 있지요. 그리고 이건 다른 멤버들도 마찬가지입니다. 무언가가 자연스러운 능력 손실을 막고 있습니다.

이유는 뭘까. 그건 글로우가 게슈탈트 팀이라는 것입니다.

죽은 김 회장이 붙인 이 이름은 정말 쓰기 싫은데 어쩔 수 없지요. 글로우는 분명히 구별되는 능력이 없어 스타급으로 쓸 수 없는 멤버들을 모아 만든 실험 팀입니다. 서미래 이사와 케네스 리 자문위원의 특별 훈련을 통해 글로우는 남한의 어느 알파 히어로 팀과도 다른 존재가 됐습니다. 그리고 이렇게 만들어진 게슈탈트 팀은 소속된 멤버들의 능력 손실을 막고 서로의 능력을 키워주는 힘을 갖고 있는 것 같습니다."

"하지만 이게 과연 글로우가 게슈탈트 팀이기 때문일까요? 다른 변수는 없었을까요?"

글로우 그림자 리더 안수진이 물었다.

"멤버들이 팀의 보호와 상관없는 이유로 조금씩 안테나가 되었을 가능성도 부정할 수 없습니다."

러더퍼드 박사가 대답했다.

"우린 이미 여기에 대한 분석을 하고 있습니다. 하지만 모든 멤버들이 서로의 영향을 받지 않고 동시에 같은 수준의 안테나가 되는 것이 가능할까요? 안테나 가설이 사실이더라도 한 명이 우연히 안테나가 되었는데, 게슈탈트 시스템 안에서 그 능력을 공유하게 되었다고 보는 것이 더 그럴싸합니다."

"여기서 중요한 건 이 방에 있는 사람들을 제외하면 누구도 이 사실을 모른다는 것입니다."

미래가 말했다.

"우리 회사, 경쟁 회사들, 언론, 알파 악당 패거리들, 정부 모두 글로우가 지금도 활동 가능한 팀이라는 걸 모릅니다. 이걸 어떻게 이용해야 할까요. 아직 모릅니다. 일단 예정대로 미라솔의 졸업식을 진행하고 나머지 글로우 멤버들도 앞으로 모든 공개 전투에서 빠집니다. 그리고 여기에 대해서는 모두 침묵."

사람들은 연구실을 떠났고 미래와 수진만 남았다. 뚱한 얼굴로 스크린의 그래프와 미래의 얼굴을 번갈아 바라보던 수진은 한숨을 내쉬었다.

"미라솔이 걱정이야, 언니."

미래는 얼굴을 찡그렸다.

"뭐가? 언제나와 같은데. 걔는 회사를 싫어할 권리가 있고 우린 그걸 바꿀 권리가 없어. 걔는 적어도 팀과 임무에 충실해. 그것으로 충분하지 않아?"

"이건 걔의 정치질 이야기가 아니야. 아니, 그것도 중요하지. 회사가 짠 각본에 계속 방해가 되니까. 하지만 진짜 문제는 걔의 망상이 단순한 망상이 아닐 수도 있다는 거야."

"무슨 소리야. 걔 엄마들이 정말로 딸을 회사에 팔아넘겼다고? 아니면 회사가 정말로 걔를 납치했다고? 어느 거야?"

"다른 거야. 한자경이 문제라는 거."

정말 이상하게 들리는 말이었다. 한자경은 K-포스에서 가장 하찮은 사람이었다. 오로지 인맥과 이미지만으로 존재하는.

바로 그래서 지금 회장 자리에 있는 것이다. 뒤에서 미래와 켄이 험한 일을 하는 동안 반짝반짝 예쁜 방어막이 되어주라고. 김 회장이 죽은 뒤로 미라솔의 증오 대상이 한자경으로 옮아가긴 했다. 하지만 미래는 거기에 대단한 의미가 있다고 생각한 적은 없었다.

"김영천이 정말 뭔가 징그러운 음모를 꾸몄고 그 옆에서 한자경이 고개를 까닥거렸을 수도 있어. 미라솔에겐 그것만으로도 충분하겠지. 하지만 그게 뭐라고?"

"단 한 번이라도 미라솔을 진지하게 생각해본 적 있어?"

"그게 무슨 소리야."

"우린 미라솔을 늘 얕봤어. 어린 시절 상흔 때문에 이상한 음모론에 빠진 불쌍한 여자애라고. 하지만 걔는 벌써 20대 중반이고 K-포스, 아니, 한반도 알파 히어로로 역사상 가장 성공적인 팀의 리더야. 미라솔이 우릴 실망시킨 적 있어? 그렇다면 왜 우린 그 친구 말을 진지하게 들어볼 생각을 안 한 거지?"

"그거야…."

미래의 생각이 멎었다. 맞다. 다들 미라솔의 분노와 증오에 습관화되어 있었다. 미래와 켄은 그것들을 이용하려고만 했을 뿐, 그 내용을 깊이 생각해본 적이 없었다. 아니, 그런 이유가 없지는 않았다. 미라솔은 임무에 대해 이야기할 때는 늘 치밀하기 짝이 없었지만, 김영천과 한자경 이야기만 나오면 갈팡질

팡했다. 논리는 사라지고 감정만이 남았다.

"미라솔은 뭔가 알고 있을 수도 있어. 단지 그걸 설명할 논리를 아직 찾지 못한 거지."

수진이 말했다.

"대부분 종교 광신도들이 자기가 그렇다고 생각해. 그렇다고 그 사람들 말을 진지하게 받아들일 필요가 있을까?"

"그러니까 우리가 걔 대신 다른 각도에서 생각할 필요가 있을지도 몰라. 걔는 벌써 두 번이나 사내 쿠데타를 시도했어. 실패할 걸 뻔히 알면서도 그랬어. 왜 한자경이 회장이 된 뒤로 그렇게 다급해졌을까? 무슨 일이 일어난 거지? 과연 지금의 한자경이 우리가 알고 있던 한자경과 같은 사람일까? 인호와 라스푸틴을 생각해. 사람들은 언제든 극단적으로 달라질 수 있어. 그리고…."

미래가 갑자기 말을 끊었다.

"그날 안산 연구소에서 무슨 일이 일어났던 걸까."

거기까지는 미처 생각이 닿지 않았었는지, 수진은 잠시 당황한 것처럼 보였다. 미래는 머릿속에서 천천히 만들어지는 생각을 끌어내며 말을 이었다.

"우린 라스푸틴이 한자경을 강간하려고 했다고 생각했어. 당시는 그 녀석이 완전히 망가졌다고 생각했으니까. 하지만 과연 그랬을까? 머릿속 뭔가가 탁 끊겨서 회장과 일당들을 고문

169

하고 죽인 건 충분히 이해가 돼. 우리가 아는 인호에서 연속선이 그려진다고. 하지만 그 상황에서 한자경을 강간한다? 거기서부터는 그림이 이상해져. 수십 가지 방식으로 설명할 수는 있지만 아귀가 완전히 맞지는 않아. 생각해봐. 만약에 라스푸틴이 하려고 했던 것이 물리적인 성폭행이 아닌 다른 무언가였다면? 그리고 거기에 성공했다면?"

생각이 막혔다. 아니, 더 이어질 수는 있었다. 하지만 그 뒤로 이어지는 가설들은 의미가 있기엔 지나치게 진부했다.

수진이 침묵을 깼다.

"우린 우리가 무지 잘난 줄 알지. 바깥사람들이 주워들은 소문만 갖고 팬픽이나 쓰고 망상이나 하는 동안 직접 행동하며 현실 세계에 진짜로 영향을 끼칠 수 있는 이야기를 만들고 있으니까. 하지만 우리는 기껏해야 그 사람들보다 한 겹 위에 있을 뿐이야. 우리가 여전히 이야기 속의 이야기꾼이라면 우린 우리가 쓴 이야기를 어떻게 읽어야 할까?"

4.

수진이 처음 한 생각이 아니었다. 누군가는 프로스페로 생태계가 남한을 잡아먹고 알파 히어로와 알파 악당 들이 창궐하기 시작한 바로 그 순간부터 질문을 던졌을 것이다. 만화책에 간혀 있어야 할 것들이 어쩌자고 실제 세계에서 저러고 있는가. 만약 내가 보고 있는 것이 보이는 그대로가 아니라면? 하지만 그 질문과 생각은 곧 다른 수많은 질문과 생각 속에 묻혀 의미를 잃었을 것이다. 무엇보다 남한 사람들은 쉽게 그 어처구니없음에 적응했다. 모든 것은 일상이 되었다.

그러는 동안 K-포스와 아미쿠스와 같은 알파 히어로 회사들은 조금씩 그 질문에 대한 답이 될 수 있는 데이터를 쌓아가고 있었다. 대부분은 극비에 붙여졌다. 정보는 알파 히어로들의 초능력만큼이나 회사의 생존에 중요했다. 그건 공익을 위한 것이기도 했다. 만약에 이 정보의 일부가 알파 악당들에게 넘어간다면? 그것들이 그걸 멋대로 해석해 난리를 치기라도 한다면?

하지만 언제까지 그걸 품고만 있을 수는 없었다.

켄은 회사 강당에 모인 사람들을 바라보았다. LK, KU, 효성 같은 국내 대기업에서 온 책임자들이었다. 재벌 가족 사람들은 없었다. 프로스페로 생태계가 만들어지고 5개월도 되지 않아, 어느 정도 이름과 얼굴이 알려진 남한 재벌 가문 사람들은 대부분 무참하게 살해당했다. 알파 악당들이 특별히 반재벌 운동가여서 그랬던 건 아니었다. 그냥 전에는 멀리서 훔쳐보기도 어려웠던 돈 많고 힘 있는 사람들을 죽이는 게 재미있었던 거다. 학살은 허겁지겁 설립된 알파 히어로 회사의 경호팀이 개입한 뒤에야 간신히 진정되었다.

진정되었을 뿐 멎은 건 아니었다. 정치가들처럼, 재벌가 사람들은 여전히 꾸준히 죽어나갔다. 단지 이 죽음 대부분은 알파 악당들과 쉽게 연결되지 않았다. 사고, 지병, 심장마비. 70대 노인이 차 안에서 협심증을 일으켜 죽거나, 사생활이 더러운 40대 남자가 여자 친구 집에서 복상사하는 건 그렇게 이상한 일이 아니지 않은가? 의심이야 할 수 있겠지. 이상한 가설을 세울 수도 있겠지. 이런 짓을 저지르는 게 알파 악당들이 아니라 회사라는 따위의. 저들의 얼굴이 겁에 질린 것처럼 보이는 것도 이상하지 않아.

"프로스페로 생태계에겐 악의는 없었습니다."

켄이 말했다.

"우리를 먹이로 본 것도 아니고, 멸망시키려 한 것도 아니었습니다. 이 모든 것은 대화의 시도였습니다. 고도로 발달한 지적 존재가 다른 지적 존재에게 말을 걸고 있었던 겁니다. 단지 그 존재는 수천, 수만 년의 세월 동안 지하에서 썩어가며 원래 갖고 있던 지력을 잃어버렸고 결국 죽었습니다. 그리고 새로 태어난 아이들은 어미로부터 필요한 정보를 거의 전달받지 못하고 세상에 풀려났습니다. 치매 걸린 노인과 버려진 아이들이 인류가 마주친 첫 접촉의 대상이었던 겁니다.

남한 사람들이 지금까지 몇십 년 동안 슈퍼히어로 유니버스에 갇혀 있었던 것도 그 때문이었습니다. 적어도 우리는 그렇다고 90퍼센트 이상 확신합니다. 아, 처음엔 아니었습니다. 알파 악당들을 만든 건 인간의 원초적인 욕망이었습니다. 그 대응으로 알파 히어로 팀이 만들어진 것도 자연스러웠고요. 하지만 프로스페로의 아이들이 우리에게 말을 걸기 시작하면서 여기엔 양의 되먹임이 개입되었습니다. 그것들은 마치 말을 처음 배우는 아기처럼 우리가 무심결에 따라 한 코믹북 슈퍼히어로의 서사를 따라 읊기 시작했고 결국 이 웅얼거림은 우리의 행동을 통제하는 각본이 되었습니다. 우리가 이 허구의 틀을 인식하기 시작한 순간부터 각본은 점점 더 단단한 감옥이 되었습니다. 양쪽에서 대화를 주고받으며 우리만의 장르 또는 게임을 만들어냈던 거죠. 저쪽에서는 다른 식의 대화 방법을 모릅니다. 영원히 지속되는 체스 게임을 유지하는 것만이 저들이 아는 유일한 대화이며 존재 방식입니다."

"그건 우리에게 자유 의지가 없다는 말입니까?"

구석에 앉은 작고 성말라 보이는 여자가 말했다. 효성의 최혜나 이사였다.

"철학적인 질문이군요. 원론적으로 따진다면 우리에겐 처음부터 자유 의지 따위는 없었습니다. 모두 주변 환경과 유전자, 무엇보다 인과율의 노예지요. 하지만 그게 지금 우리에게 이 상황에서 탈출할 길이 없느냐는 질문이라면, 아닙니다. 있을

173

거라고 생각합니다. 단지 그게 완벽하게 우리의 의지와 판단의 결과인지는 확신할 수 없습니다. 우리가 이런 문제를 해결하는 과정을 그린 상위의 각본이 존재할 수도 있지요. 그게 우리를 하나의 정해진 길로 몰아가고 있는지도 모릅니다. 단지 지금 우리가 그걸 따지는 건 사치입니다. 우린 이 슈퍼히어로 대소동을 멈출 수 있습니다. 몇십 년 동안 쿼런틴에 갇혀 있던 남한 땅을 해방할 수 있을지도 모릅니다. 모두가 원하던 일이 아닙니까?"

"그렇다면 라스푸틴의 목적은 뭐였던 거죠?"

최 이사가 물었다.

"그냥 짐작만 할 수 있을 뿐입니다. 이미 죽은 사람의 머릿속으로 들어갈 수는 없으니까요. 하지만 녀석이 한 짓들을 분석해보면, 지금까지 유지되었던 알파 히어로와 알파 악당 들의 대립을 깨트리는 게 목표였을 가능성이 높습니다. 일단 알파 악당들이 결집하고 있습니다. 전에는 단 한 번도 이런 적이 없습니다. 긴장의 항상성은 유지되어왔는데, 그게 깨지기 시작했지요. 라스푸틴은 뭔가 엄청난 일을 저지르고 죽은 겁니다. 지금까지 라스푸틴을 라스푸틴이게끔 한 동기와 의지가 살아서 꼭두각시처럼 알파 악당들을 조종하고 있는 겁니다. 왜 그러냐고요? 그런 게 악당이니까요. 숙주를 죽음으로 몰고 가는 바이러스처럼 지금 알파 갱들을 조종하는 무언가도 다음 단계에

174

대한 생각이 전혀 없는지 모릅니다. 사실 생존이 당연하다는 생각 자체가 편견일 수도 있습니다. 여러분은 우리가 계속 자손을 낳으며 조, 존재해야 할 이유를 상상할 수 있습니까?"

연설이 끊겼다. 말을 더듬는 건 위험 신호였다. 생각을 다듬고 흘러나오는 언어를 통제해야 했다.

"지금 여러분의 협조는 필수적입니다."

켄은 천천히 말을 이어갔다.

"우리의 연구가 기대에 못 미치는 건 사실입니다. 우린 프로스페로의 물리학에 대해서 아직 아는 게 없습니다. 앞으로도 한동안 그럴지 모르죠. 하지만 우리가 지금까지 제공해준 자료만으로도 여러분은 엄청난 성과를 거두었습니다. 8,000개의 신약과 노벨상 두 개가 다 누구 덕에 나왔지요? 이미 우리 알파 회사들과 여러분은 한 몸입니다. 각자의 길을 가는 건 불가능합니다. 종말의 날엔 힘을 합쳐야 합니다."

뒤에서 가벼운 떨림이 느껴졌다. 대놓고 살인 협박처럼 들리는 켄의 연설을 들으며 미래가 속으로 웃고 있었다.

5.

알파 히어로들과 알파 악당들이 만들어내는 스펙터클이 너무나도 화려하고 압도적이었기 때문에 이 회사들이 어떻게 보

175

호비를 뜯어내는 조폭들처럼 대기업 위에 군림하고 있는지, 이들이 대기업에 제공하는 데이터들이 어떻게 만들어지는가에 대해 깊이 생각하는 사람들은 많지 않았다.

김영천과 같은 사람들이 알파 히어로들을 모아 팀을 만들던 초창기는 상황이 달랐다. 알파 악당들의 위험은 진짜였고, 재벌들과 정치가들이 죽어나가며 다들 당황해하는 동안 김영천이 보고 잡았던 기회도 진짜였다.

회사의 역사가 쌓이면서 이 모든 것들은 복잡해졌다. 정치와 음모가 개입되었다. 그리고 알파 히어로와 알파 악당들은 연구 대상이 되었다. 연구가 계속 진행되려면 이들의 전쟁은 계속되어야 했다. 알파 악당들이 나오지 않는다면 일부러라도 만들어야 할 판이었다. 여전히 프로스페로 물리학의 비밀은 베일에 가려져 있었지만, 부수적인 성과는 만만치 않았다. 남한 대기업들은 알파 회사들이 제공하는 데이터로 짭짤한 수익을 거두고 있었다. 이런 지식과 정보야말로 쿼런틴에 갇힌 이 나라를 계속 움직이게 하고 성장하게 하고 국제적인 지원을 받을 수 있게 하는 동력이었기 때문에, 비밀주의는 당연한 것이 되었다.

막 블루 스펙터스의 멤버가 된 서미래는 그런 미래를 상상할 수도 없었다. 1년, 아니, 한 달 뒤의 미래도 상상할 수 없었다. 당시는 모든 것들이 단순했다. 알파 악당들이 미처 날뛰었고 누군가는 그것들을 때려잡아야 했다. 그리고 미래에겐 그걸 정말로 잘 해낼 수 있는 능력이 있었다. 김영천은 미래를 외모만 보고 뽑은 게 아니었다. 물론 외모도 중요했다. 사람들의 시선을 끌고 투자를 받아야 하니까. 하지만 그것도 미래가 가차 없이 상대방 몸속의 장을 꼬아버릴 수 있는 능력자였기에 추가된 여분의 장점이었다. 누군가는 미래를 알파 히어로계의 아이작 뉴턴이라고 했다. 교과서에 나오는 염력 테크닉의 10분의 1에는 미래의 이름이 붙어 있었다. 타이밍이 좋았다고 할 수 있지만, 그 타이밍을 잡는 데엔 여전히 능력이 필요하다.

미래와 남자 멤버들의 관계는 단순했다. 찬우에 대해서는 아무 생각이 없었다. 세훈은 끔찍하게 싫어했다. 보호막을 만드는 능력은 단순하기 짝이 없어 개선할 수가 없었기에, 찬우는 스트레스를 가장 덜 받는 삶을 살고 있었다. 하지만 염동력자인 세훈은 늘 아버지가 경찰서에서 주워 온 여자아이와 비교 대상이 되어야 했다. 미래는 세훈을 이해하려고 했다. 알파 히어로가 되지 않았다고 해도 김영천을 아버지로 둔 삶은 쉽지 않았을 테니까. 하지만 그렇다고 그게 녀석의 심술을 다 받아주어야 한다는 말은 되지 않았다.

세니와의 관계는 그보다 미묘했다. 세니는 발화자였고 미래만큼이나 복잡한 능력이 있었다. 미래처럼 엄청난 양은 아니었지만 세니가 개발한 테크닉의 숫자도 만만치 않았다. 상당수는 얼핏 보기엔 발화자의 능력처럼 보이지도 않았다. 아주 작은 점에 열을 집중하는 것만으로도 쉽게 눈에 뜨이지 않는 온갖 놀라운 일을 할 수 있었다. 미래의 능력과 세니의 능력은 정교하게 결합되어 시너지를 냈다. 미래는 세니를 바이올린 독주자에, 자신을 피아노 반주자에 비유했다. 나중에야 미래는 세니도 어느 정도 피아노를 칠 줄 알았다는 것을 알았다. 환경은 전혀 달랐다. 미래는 주정뱅이 재즈 피아니스트였던 아버지로부터 피아노 치는 법을 자연스럽게 물려받았지만, 세니에게 피아노는 부잣집 따님들이 습득해야 했던 교양의 일부였다. 피아노 기반이 있어서 두 사람 모두 나중에 음악 수학 유행이 불었을 때 유리한 위치에 설 수 있었고 팀에서도 밀접하게 맺어질 수 있었다. 아마 켄이 연결 고리로 들어오지 않았어도 그랬을 것이다. 둘은 켄 이전에도 피아노 연주를 심상으로 이용한 신호와 공격법을 만들어내고 있었다.

나중에 대구에서 켄을 만나면서 자연스럽게 피아니스트 삼총사가 결성됐다. 회사 내 몇몇 사람들은 켄이 블루 스펙터스의 종말을 불러왔다고 생각했다. 켄의 등장과 함께 남자애들은 주축이 된 여자애들로부터 소외되었고 그건 결국 팀의 분열로 이어졌다는 말인데, 명쾌한 설명이 대부분 그렇듯, 이 주장도 사실을 제대로 잡아내지 못했다. 일단 켄이 그림자로 들어오면서 팀의 결속력은 더 높아졌다. 계속 따로 놀았던 세훈 역시 전체 액션에 더 자연스럽게 녹아들었고 결과적으로 팀은 이전보다 서너 배 더 강력해졌다. 적어도 성수동에서 있었던 세니의 마지막 전투 때까지는.

10여 년의 세월이 흐른 뒤에도 미래는 종종 그날을 회상하곤 했다. 패배한 바둑 게임을 복기하며 자신의 실수를 찾는 기사처럼.

패배한 전투는 아니었다. 블루 스펙터스는 서울의 4분의 1이 날아갈 뻔한 재앙으로부터 시민들을 구했다. 상대는 바나나 몬스터스라는 20인조였다. 별 의미 없어 보이는 이름은 갈색 점이 곳곳에 박힌 샛노란 얼굴 때문에 별명이 바나나왕이었던 두목에서 따온 것이었다.

바나나왕의 외모는 후천적이었다. 기껏해야 베타 정도였던 자신의 능력을 키우기 위해 구미로 내려가 일부러 시체 괴물에게 감염되었다고 한다. 그리고 그 괴물들을 밀수해 서울로 올라왔다. 바나나왕은 성수1가 1동 전체와 1가 2동 일부를 커버하는 왕국을 세웠다. 그 안에서 토막 난 인간 시체들로 만들어진 새 괴물들이 태어났다. 처음엔 회사 도움 없이 공군이 폭격으로 처리하려고 했지만, 실패로 돌아갔다. 바나나 몬스터스는 시체 괴물들에 섞여 있을 때 엄청난 염력을 휘두를 수 있었고 전투기들은 하늘에서 종이비행기처럼 찢겨나갔다.

머릿속에 오로지 파괴와 살육밖에 들어 있지 않은 알파 악당이 성수동을 먹어가고 있는 것도 끔찍했는데, 엘리 러더퍼드는 더 끔찍한 가능성을 발견했다. 바나나 몬스터스가 급속도로 부풀어 오르는 스스로의 힘을 통제하지 못하고 일주일 안에 자폭할 가능이 80퍼센트였고 그 파괴력은 작은 핵폭탄에 맞먹는 수준이었다. 블루 스펙터스가 나서야 했다. 스튁스와 아퀼라의 전신이었던 레드 피닉스에 맡길 수도 있었지만, 이런 경우에는 외과 의사와 같은 노련한 손길이 필요했다.

비밀 작전이었기 때문에 생중계 따위는 없었다. 40명에 가까운 지원팀을 눈에 뜨이지 않게 성수동 주변에 끌고 오는 것도 쉽지 않았다. 그래도 결국 들통이 나서, 작전 시작 한 시간도 되기 전에 응원봉과 플래카드를 든 팬들이 성수동 주변으로 몰려들었다. 경찰이 막았지만 몇몇 드론들은 차단 막을 뚫고 안으로 들어갔다.

블루 스펙터스는 바나나 몬스터스 멤버들을 한 명씩 살해해 갔다. 결코 영웅적인 행동은 아니었지만 이게 가장 위험 부담이 적은 방법이었다. 적들의 머릿수가 적을수록 폭발의 위험도 줄어들었다.

세니와 미래가 만들어낸 죽음은 가볍고 발랄하고 거의 유쾌하기까지 했다. 거창한 물리적 힘의 과시 따위는 없었다. 바나나 몬스터들은 갑작스러운 심장 발작, 호흡 곤란, 뇌출혈로 조용히 쓰러져갔다. 세니가 성대를 녹여버렸기 때문에 저들은 죽어가며 제대로 된 신음 소리도 낼 수 없었다.

뜻밖에도 세니는 이런 살인 행위에 별다른 죄책감을 느끼지 않았다. 분명한 당위가 주어지고 거기에 납득을 하면 그 뒤로는 별다른 고민을 하지 않는 성격이었다. 이건 평상시 세니가 보여주는 친절함이나 사랑스러움과 그렇게 모순되지도 않았다. 어떻게 본다면 세니는 살인을 저지를 때 가장 친절했다. 세니의 손길에 심장과 뇌가 불타고 끓어올라 죽어가는 사람들이 거의 부러울 정도로.

열한 명이 죽고 아홉 명이 남았다. 바나나왕은 드디어 침입자가 들어왔다는 사실을 알아차렸다. 전투가 시작되었다. 바나나 몬스터들이 미친 것처럼 고함을 질러대며 쓰러진 나무와 깨진 벽돌들을 집어던졌고 사방에 유리창이 터져나갔다. 운 없는 엘리의 계산에 따르면 이 정도의 머릿수라면 폭발해도 서울숲만 날아갈 정도였다. 그림자에서는 지금 퇴각하고 나머지는 공군 드론 부대에 맡기자는 말도 나왔다. 하지만 지금 퇴각하는 건 자존심이 허락하지 않았다. 무엇보다 블루 스펙터스는 한참 승리의 흐름을 타고 있었다.

멤버들은 서서히 거울연못으로 접근해갔다. 여기서부터 미래는 조금씩 걱정되기 시작했다. 몇 년 전 수성못 때가 생각났다. 회사 과학자들은 프로스페로와 같은 강력한 존재가 다시 태어날 수 없다고 주장했지만 믿음이 가지 않았다. 거대한 물의 덩어리 안에는 무엇이든 숨어 있을 수 있었다.

찢어지는 웃음소리와 함께 바나나왕이 나타났다. 미니 마우스 얼굴이 그려진 분홍 사각팬티만 빼면 벌거벗은 거나 다름없었다. 비정상적으로 매끄러운 노란 피부를 반짝이며 바나나왕은 겨울연못 위로 날아올랐다. 어색하게 연결되어 만들어진 시체 괴물들의 촉수 다섯이 왕관처럼 바나나왕을 둘러싸고 있었다.

질 수가 없는 전투였다. 팀은 그 어느 때보다도 완벽한 승리의 흐름을 타고 있었다. 살아남은 인간 적은 단 한 명이었다. 모두 블루 스펙터스가 라흐마니노프 〈피아노 협주곡 3번〉 1악장 카덴차를 연주하듯 화려한 기교로 바나나왕을 찢어발기고 불태우길 기다리고 있었다. 그리고 회사 드론 열 대와 몰래 숨어들어온 팬 소유 드론 세 대가 그 스펙터클을 기다리고 있었다.

드론들이 찍은 영상을 보면 모든 게 세훈 때문이었다. 갑작스러운 시체 괴물들의 공격으로 찬우가 무력화되었다면 주력 멤버인 세니와 미래를 보호하는 건 세훈의 역할이었다. 녀석은 그걸 안 했다. 겁먹은 채 그 자리에 얼어붙었다. 카메라 열세 대 앞에서. 당시엔 회사 작가팀도 변변치 않아서 회사는 여기에 대한 변명을 제대로 짤 수가 없었다.

세훈이 당시 겁쟁이였다는 건 의심의 여지가 없었다. 하지만 왜였지? 켄은 온전히 이해할 수 없었다. 수성못 때처럼 텔레파시로 밀접하게 연결되지는 않았지만, 그래도 한강공원의 밴 안에서 멤버들의 감정과 리듬을 읽고 관리하는 데에는 어려움이 없었다. 세훈의 행동은 녀석의 캐릭터에서 심하게 어긋난 건 아니었지만 그래도 갑작스러웠다. 너무 갑작스러워 켄이 개입할 수 없을 정도로. 더 이상한 건 팬 카메라에 잡히지 않아 회사에서 적당히 이야기를 꾸미기 쉬웠던 찬우의 행동이었다. 찬우는 갑작스럽게 시체 괴물들의 공격을 받아 기절한 게 아니었다. 녀석은 눈앞에서 아무것도 하지 않고 가만히 있는 괴물 앞에서 자지러지게 비명을 질러대고 있었다.

회사 사람들은 바바나왕과 시체 괴물들의 잘게 찢어지고 불탄 살점들이 널려 있는 연못가에서 피투성이가 된 채 세니의 이름을 부르며 방황하던 미래에게서는 조금 더 나은 정보를 얻을 수 있을 거라고 기대했다. 하지만 미래를 진정시키는 데에만 해도 다섯 명의 부상자가 생겼다. 간신히 정신이 돌아온 일주일 뒤에도 의미 있는 이야기로 짜일 수 있는 정보들을 미래로부터 얻을 수 없었다. 오직 정리되지 않은 기억의 혼돈만이 남아 있었다.

회사는 연못 주변에 널린 살점과 뼈 들을 모두 수거해 세니 것임이 확실한 것 7킬로그램을 골라냈다. 그것들은 회사 납골당의 첫 다이아몬드가 됐다.

회사는 세니의 죽음을 최대한 아름답게 포장하는 동시에 실제 현장에서 어떤 일이 일어났는지 알아내기 위해 기를 썼다. 알파 히어로의 역사가 본격적으로 진실에서 벗어나기 시작했다.

6.

FakePaprika는 생각보다 나이가 많았다. 51세. 본명은 장유영이었고, 스퀴키 클린 컴퍼니라는 청소 용역 업체 직원이었다. 알파 히어로 팬픽을 쓴 지 15년이 됐고, FakePaprika는 두 번째 필명이었다. 이 정도면 회사의 연줄을 통해 충분히 알아낼 수 있었다.

미래가 문을 열었을 때, 장유영은 어린 여자아이처럼 입을 막으며 짧은 비명을 질렀다. 팬질 하던 왕년의 아이돌을 1미터 앞에서 보았을 때 자연스럽게 터져 나올 법한 바로 그런 소리였다. 저런 감정이 아직 남아 있기 때문에 팬픽을 쓰는 거겠지, 켄은 생각했다.

미래는 파란 회사 유니폼을 입고 불안한 자세로 소파에 앉아 있는 장유영에게 음료수를 건네며 조금씩 이야기를 끄집어냈다. 우선 언제 팬픽을 쓰냐고 물었다. 주로 일하면서 쓴다고 했다. 다른 사람들이 음악이나 오디오 드라마를 듣는 동안, 장유영은 폰에 팬픽 받아쓰기를 시켰다. 특유의 웅얼거림을 프로그램에 학습시켰기 때문에 동료들도 그게 무슨 내용인지 몰랐다.

"아무래도 단조로운 일이니까요. 뇌를 다 쓰지는 않게 되더라고요. 그래서 한동안 그만두었던 걸 다시 시작했어요. 제가쓸 수 있는 게 그것밖에 없기도 하고. 그런데 정말 그것들을 읽으셨어요?"

미래가 고개를 끄덕이자 장유영은 멋쩍은 미소를 지었다.

"민망하네요. 이런 날이 올 거라고는 상상도 못 했어요."

"얼마 전부터 소재와 스타일이 바뀌셨더라고요?"

"아. 김 회장이 죽은 뒤부터 그랬어요. 갑자기 궁금해지더라고요. 회사의 공식 보도 자료 뒤에 숨은 진짜 이야기가 뭘까. 그걸 상상하는 재미가 있더라고요. 그래서 그 방향으로 몇 개썼는데… 흠. 그중 어느 걸 읽으셨죠?"

"「캘리번」과 「아퀼라의 그림자」요."

"아하?"

장유영의 얼굴에 재미있다는 듯한 미소가 떠올랐다.

"시간도 없으실 텐데, 돌려 말하지 마시죠. 제가 얼마나 맞혔나요?"

"왜 그렇게 생각하시죠?"

"스카를라티. 저도 두 분 연주회 동영상을 봤어요. 켄이 연주한 앙코르 곡이 스카를라티의 G장조 소나타 K.427였다는 것도 알아요. 그건 제가 쓴 팬픽에 나오는 곡이고요. 그 곡이 정말 여러분에게 어떤 의미가 있는 곡이었나요?"

"맞아요."

"설마 제가 쓴 것과 같은 상황에서였나요?"

"그렇다고 할 수 있지요."

"그럼 그 이야기가 정말로 사실이었나요? 정말 두 분은 대구에서 그렇게 만났나요? 정말 라스푸틴이 인호였나요? 그래서 저를 불렀나요? 어떻게 알았는지 물으려고?"

"큰 수의 법칙이라는 게 있어요…."

"아, 나도 그게 뭔지 알아요. 팬픽 작가들이나 음모론자들은 정말 온갖 생각을 다 하기 때문에 몇 개가 진실과 맞아떨어지는 건 이상하지 않죠. 제가 어쩌다 사실을 한두 개 정도 맞혔다고 해도 여러분에겐 별 위협이 되지 않을 거예요. 그런데도 저를 불러서 이렇게 위험한 질문을 한다는 건 제가 한두 개 정도만 맞힌 수준이 아니기 때문이겠지요. 맞지 않나요?"

"맞아요."

"그럼 전 알아서는 안 되는 진실을 알게 되었군요. 여러분은 저를 죽이실 건가요?"

"그럴 리가요. 단지 저희는 장유영 씨에게 새 일자리를 제공하고 싶습니다. 물론 비밀 유지 각서에 서명을 하셔야겠지만."

"그 직업이라는 건?"

"글로우의 그림자요."

장유영의 얼굴이 새빨개졌다.

"제가 이전에 쓴 글로우 팬픽도 읽으셨어요? 그런 걸 쓴 제가 글로우의 그림자가 된다고요?"

"어차피 그림자 멤버들의 상당수는 팬픽 작가예요. 「아퀼라의 그림자」에도 그렇다고 나오지 않나요?"

"그건 제 상상이었어요. 정말 회사에서 팬픽 작가를 뽑는지 몰랐어요. 저도 같은 이유로 뽑힌 건 아니겠지만."

"어떻게 아신 겁니까?"

그동안 침묵을 지키고 있던 켄이 물었다.

"모르겠어요. 그냥 그런 이야기를 쓰고 싶었어요. 쓰다 보니까 완성된 버전이 가장 그럴싸했어요. 라스푸틴의 정체에 대해서는 처음엔 전혀 다른 아이디어를 갖고 있었어요. 하지만 쓰다 보니 인호가 라스푸틴이면 모든 게 더 그럴싸해지더군요. 그래서 그렇게 마무리 지었어요. 그런데 정말 인호가 라스푸틴이라고요? 정말로?"

켄은 잠시 머뭇거리다 고개를 끄덕였다.

"그럼 한 가지만 더 말해주세요. 혹시 인호가 함귀용도 죽였나요?"

갑작스러운 공격에 미래와 켄은 제대로 표정 관리를 하지 못했고, 장유영은 입이 길게 찢어지는 미소를 지었다.

"이게 어떻게 된 일이지? 정말 제가 쓴 게 모두 사실이었다고요?"

"다는 아니에요. 큰 줄기가 대체로 사실에 가까웠지요."

미래가 허겁지겁 수습하려고 했지만 이미 늦었다.

"인호가 함귀용을 죽인 이야기는 제가 올리지 않은 「마지막 테스트」라는 단편에 나와요. 전 그다음에 「아레나」라고, 아퀼라의 성후가 엑스 스쿼드의 스파이여서 아퀼라의 동료들에게 처형당했다는 이야기도 썼는데, 역시 올리지 않았어요. 혹시 이것도 맞나요? 그렇겠지. 이건 저만 그렇다고 생각하는 건 아니니까 특별히 놀랍지도 않지만."

"도대체 몇 개를 더 쓴 겁니까?"

켄이 물었다.

"완성된 것만 저것 네 개예요. 하나를 더 쓰고 있는데 중간까지 왔어요. 최근 들어 집중이 좀 힘들어서 한 달 반 동안 중단된 상태이긴 한데요."

"그거 제목은요?"

"「모두가 세니를 사랑했다」."

"성수동 이야기입니까?"

"절반은요. 나머지 절반은 살아남은 사람들에 대한 이야기이고요. 이걸 쓰려고 앞의 네 편을 쓴 거예요. 전 세니에 대해 쓰고 싶었어요.

전 진심으로 세니를 사랑했어요. 여기엔 표면적인 이유가 있어요. 전 389번 버스 사고 생존자니까요. 세니가 없었다면 전

188

안에 갇혔던 다른 다섯 명과 함께 죽었어요. 하지만 제 감정은 그것과 별 상관이 없어요. 전 세니가 세니이기 때문에 사랑했어요. 비록 제가 세니의 실물을 본 건 그날 30분이 전부였지만 저에겐 그것만으로 충분했어요.

전 지금까지 글로우와 스틱스에 대해서만 썼어요. 전 그 팀 멤버 모두를 좋아해요. 사랑한다고 할 수 있을지도 모르죠. 하지만 제가 그 두 팀에 대해서만 쓰는 건 제 감정이 가볍기 때문이에요. 그 아이들은 저에게 기본적으로 망상의 재료예요. 극단적인 선을 넘지 않는 한 온갖 이야기를 다 쓸 수 있지요. 음란할 수도 있고, 로맨틱할 수도 있고, 폭력적일 수도 있고. 그런 글을 쓰면서 미안하거나 수치스럽다고 느낀 적은 없어요. 지금 여러분 앞에서 이런 이야기를 하고 있으니 좀 부끄러워지긴 한데, 그건 다른 이야기이고.

하지만 세니에 대한 제 감정은 달라요. 세니는 저에게 진짜예요. 그리고 전 그 진짜가 아닌 다른 세니를 그릴 생각이 없었어요. 지금까지는."

"진짜 세니가 어떤 사람이었는지 누가 알까요."

켄이 웅얼거렸다.

"철학자시군요. 그런 말을 하실 줄 알았어요. 적어도 제가 상상하는 케네스 리는 딱 이 지점에서 그런 대사를 읊을 캐릭터예요.

맞아요. 전 세니를 몰라요. 다른 사람들의 진짜 모습이 무엇인지는 알 수 없죠. 심지어 제가 정말로 누군지도 알 수 없어요. 하지만 지난 몇 달 동안 전 진짜 세니를 그릴 수 있다는 확신이 서기 시작했어요. 제 망상에 끌려 움직이는 마리오네트가 아닌 진짜 사람을요. 인호가 사실은 라스푸틴이라는 이야기처럼 제가 쓰는 세니의 이야기는 실제 역사에 그럴싸하게 맞는 것처럼 보였어요. 그래서 조금씩 쓰기 시작했어요. 그러다 막혔지요. 두려웠어요. 제가 쓰는 이야기가 어느 지점부터 삐끗해 진실에서 벗어날까 봐. 이 집에 오기 전까지 그 '진실'의 의미는 지금보다 훨씬 가벼웠지만요."

"어떤 이야기였습니까?"

"그날 성수동에서 세니에게 일어난 일은 여러분 누구의 잘못도 아니었다는 것. 그건 세니가 선택한 것이었어요."

"자살이라고요? 걔는 자살할 아이가 아니었습니다. 일단 가톨릭 신자였고요."

"다들 프랑수아 모리아크를 읽어보셔야겠어요. 가톨릭 신자들이 언제부터 그렇게 교회 말을 잘 들었다고. 그리고 제가 언제 '자살'이라는 말을 썼나요?

제가 상상하는 세니는 사람들이 생각하는 세니의 이미지와는 조금 다른 사람이에요. 하지만 전 제 세니가 더 논리적이라고 생각했어요. 사람들은 세니를 귀엽고 예쁜 존재로만 보았어요. 매주 카메라 앞에서 사람들을 죽이고 아무 데에나 불을 질러대는 사람이었는데요. 이건 여러분의 이미지 조작이 그렇게 성공적이었다는 말도 되지요. 블루 스펙터스 시절엔 모든 게 단순했다고들 하는데, 당시에도 여러분은 진짜 일어난 일을 그대로 보여주지는 않았지요. 사람들이 본 건 액션 영화처럼 편집된 이야기였고 실제로 벌어진 일의 잔인함과 끔찍함은 은폐되었어요. 여기엔 세니의 사연도 한몫했겠지요. 차 안에서 부모들이 살해당하는 동안 가까스로 창문으로 빠져나와 살인자에게 복수한 아이를 누가 이해하지 못하겠어요. 그런 아이가 아이돌처럼 카메라 앞에서 예쁘게 웃어준다면요. 하지만 이 모든 건 정상이 아니죠. 액션 영화 속 주인공이 현실 세계에서는 이상할 수밖에 없는 것처럼, 세니 역시 표면적인 예쁨만으로 설명되는 존재는 아니었을 거예요.

저는 세니가 처음부터 훨씬 단호한 존재였다고, 자신이 옳다고 믿는 것이라면 거리낌 없이 뭐든지 하는 사람이었다고 생각했어요. 그리고 블루 스펙터스의 활동이 계속되는 동안 더욱 그런 사람이 되었다고요.

저는 대구에서 죽어가는 프로스페로가 세니에게 말을 걸었다고 생각했어요. 흐릿하고 망가져가는 정신을 최대한 추스르면서 가장 말이 통하는 사람을 찾았던 거예요. 세니 말고 누가 있었겠어요? 찬우는 아무 생각이 없었어요. 세훈은 옹졸하고 사악했어요. 켄은 프로스페로를 증오했고, 미래는 냉정하고 의심이 많았어요. 설득할 수 있는 사람은 세니밖에 없어요. 가장 친절하고 가장 마음이 열려 있는. 전 「캘리번」에서 프로스페로가 영혼 없는 프로그램에 불과하다고 썼어요. 하지만 이 상황에서 영혼의 여부가 그렇게 중요할까요? 절실함은 영혼이 있어야만 존재할 수 있을까요?

그날부터 성수동 전투에 이르는 기간 동안 프로스페로가 남긴 유언은 세니의 정신을 조금씩 장악해갔을 거예요. 세니는 그 뒤로 벌어지는 수많은 전투 속에서 프로스페로의 아이들의 흔적을 읽었을 거예요. 그 아이들이 슈퍼히어로와 슈퍼 악당들의 끝없는 전투라는 틀 안에 갇혀 자유를 잃고 갖고 있는 가능성을 날리는 걸 보았을 거예요. 그리고 세니는 결심했어요. 어머니가 남긴 유산을 그 아이들에게 물려주고 인간과 프로스페로의 아이들을 화해시키고 이 모든 난장판을 종식시키기로.

그건 자살이 아니었어요. 세니는 몸을 버리고 스스로 프로스페로의 아이들에게 뛰어들었던 거예요."

막 내린 단호한 맺음에 자신이 없었는지, 장유영은 우물우물 덧붙였다.

"적어도 제가 쓰는 이야기 속 세니는 그랬어요."

"어디까지 쓰셨나요?"

미래가 물었다.

192

"현재와 과거를 오가는 구성이라서 좀 이야기하기가 애매한데요, 성수동 전투 부분을 거의 썼어요. 세니가 뒤에서 공격해 온 시체 괴물의 촉수로부터 미래를 구한 바로 직후예요."

장유영은 주섬주섬 폰을 꺼내 원고를 읽었다.

"'그리고 세니는 보았다. 미쳐 날뛰는 바나나왕과 불타 사그라든 바나나 몬스터스 일당들의 시체와 조건 반사에 꿈틀거리는 근육처럼 무의미하게 움직이는 시체 괴물들의 너머로 프로스페로의 아이들이 반짝이는 것을. 아직은 끝없이 반복되는 죽은 이야기에 갇혀 있지만 언제든 그 틀에서 벗어나 새로운 세계로 날아갈 가능성을 품고 있는 어린 존재들을. 내가 갈게. 그리고 너희를 이끌어줄게.' 아직 다듬지는 않았어요. 비유 같은 건 바꿀 거고요. 조건 반사보다는 다른 비유가 나은 거 같은데. 죽은 시체의 근육이 전기 자극 같은 걸 받아 꿈틀거리는 걸 뭐라고 하죠."

"현재 파트는 어떤 이야기인가요?"

"거기 주인공은 라스푸틴이에요. 우리가 아는 라스푸틴이 저지른 행동을 그대로 하는데, 아직까지 내면 묘사를 안 했어요."

"그 라스푸틴은 무슨 생각으로 그런 짓을 저질렀나요?"

"저도 몰라요. 번갈아 쓰다 보면 알 수 있을 거라고 생각했어요. 전 늘 그렇게 쓰거든요. 아까 말씀드렸잖아요. 「아퀼라의 그림자」를 쓸 때도 막판에야 인호가 라스푸틴이라는 걸 알았다고. 이야기가 그럴싸한 방향으로 흐르면 전 그냥 그 길로 가요. 그런데 그게 정말로 사실과 일치한다면….

재미있는 건 전 이것도 제 이야기로 설명할 수 있다는 거예요. 남한 땅 곳곳에 안개처럼 흩어져 있는 프로스페로의 아이들은 세니의 정신을 품고 있어요. 그것들은 제 이야기의 재료가 된 과거의 기억을 갖고 있어요. 그게 이야기를 쓰는 행위를 통해 저에게 흘러 들어온 거예요. 제 '안테나'를 통해서요.

여러분은 아마 제가 이 이야기를 완결하길 바라시겠죠. 그게 저의 유일한 쓸모겠지요. 한 가지만 물어볼게요. 제가 묘사한 세니는 그럴싸한가요? 여러분이 알고 있던 세니와 닮았나요?"

미래와 켄은 잠시 서로의 눈을 바라보았다. 그리고 천천히 고개를 끄덕였다.

"그렇다면 제 사랑은 허구가 아니었군요."

장유영이 말했다.

7.

모두가 세니를 사랑했다. 하지만 세니의 진짜 모습을 아는 사람은 얼마나 되었을까. 사람들이 사랑한 건 수많은 이미지의 파편들이었다. 상당수가 회사에 의해 조작된. 물론 회사가 조작할 수 없는 것도 있었다. 부모를 죽인 살인범 다섯을 모두 불 지르고 폭파한 뒤 허망한 미소를 지으며 카메라 앞에서 기절 한 세니의 첫 등장과 같은 것. 회사는 그 첫 영상을 이미지 메 이킹의 기반으로 삼고 발전시켰다. 하지만 그게 세니의 전부일 수는 없었다.

누구보다 가까운 친구였던 미래와 켄에게도 세니는 어느 정 도 미스터리였다. 켄이 세니의 마음을 읽을 수 있었던 건 처음 만났던 몇 시간뿐이었다. 미래는 블루 스펙터스에 들어온 세니 와 가장 많은 대화를 나눈 사람이었지만, 세니가 미래에게 모 든 걸 보여준 건 아니었다. 두 사람이 사랑한 세니는 모두 세니 의 부분에 불과했다. 수많은 경험을 같이했지만, 그래도 각자 다를 수밖에 없는. 세니에 대한 사랑이 그렇게 오래 유지됐던 것도 어느 정도는 그 불가해성 때문이었다. 둘은 세니의 이야 기를 마무리 지을 수 없었다.

장유영은 세니를 해석할 수 있는 다른 틀을 제공해주었다. 그리고 그건 두 사람이 아는 세니와 놀랄 만큼 잘 맞아떨어졌 고 미심쩍은 빈틈을 채워주었다. 그것만으로도 과거의 세니는 새로운 생명력을 얻었다. 무엇보다 또 다른 가능성이 두 사람 을 사로잡았다. 세니는 살아 있을 수도 있어. 살아서 지금까지 우리에게 진짜 말을 걸었을 수도 있어. 우리가 꾼 세니에 대한 꿈, 우리가 몽상이라고 생각했던 모든 상념이 사실은 세니에게

서 온 것일 수도 있어.

그리고 그 메시지를 받은 건 우리만이 아니었을 수도.

"한자경에 대한 미라솔의 집요한 혐오도 이것으로 설명돼. 세니는 재를 통해 우리에게 메시지를 보내고 있었던 건지도 몰라."

"모든 것을 설명하는 가설은 위험해, 켄. 정확히 같은 이야기를 라스푸틴에 대해서도 할 수 있어. 알파 히어로와 알파 악당들의 끝없이 이어지는 전쟁에 균열을 낸 건 라스푸틴이야. 만약 세니가 지금의 상황을 바꾸려고 했다면 그 도구로 가장 그럴싸해 보이는 것도 라스푸틴이야."

켄의 손가락에 눌린 피아노 건반들이 굵직한 불협화음을 냈다.

"세니가 라스푸틴과 같은 걸 허용했을 리가 없어!"

"그걸 어떻게 알지? 세니는 소름 끼치게 단호한 애였어. 우린 알잖아. 장유영의 말이 맞다면 그 단호함은 우리가 알고 있었던 것 이상이야. 그리고 지금의 세니가 우리가 알고 있던 세니 그대로일 거라고 어떻게 장담해? 모든 정신은 육체의 지배를 받아. 그 애는 우리가 알고 있는 그 육체에서 벗어나 낯선 곳으로 갔어. 그 안에서 세니의 정신은 전혀 다른 방식으로 움직이고 있을지도 몰라. 무엇보다 우리가 파괴되어야 할 대상이 아니라는 걸 어떻게 알지? 우리가 정말 올바른 편인가? 우리가 지금까지 한 짓은 다 결백하기만 했나? 이 상황이 과연 악당들만 처단하는 것으로 해결이 될까? 양쪽 모두를 처단해야 끝나는 상황일 수도 있어."

"세니는 단호했지. 하지만 그런 식으로 단호하지는 않았어. 너도 알잖아. 세니는 친절하고 연민하고 공감할 줄 알았어. 그 단호함은 그것들과 공존했어. 그렇다는 걸 알아서 우린 세니의 단호함을 받아들였어. 만약 지금의 세니가 우리가 사랑했던 모든 걸 날려버린 존재라면 우린 여전히 세니를 사랑하고 세니 편을 들어야 할까?"

"그렇다면?"

"상식적인 답을 믿겠어. 라스푸틴이 세니의 계획에 맞서 지금의 항상성을 유지하려는 존재의 도구였다는 것. 그것이 지금도 한자경을 이용해 무언가를 꾸미고 있어. 미라솔은 세니로부터 거기에 대한 경고 메시지를 들은 거고."

"하지만 그렇다면 지금까지 세니는 뭘 하고 있었던 거지? 그 뒤로 지금까지 달라진 건 하나도 없어!"

잠시의 흥분을 무위로 돌리는 우울함이 두 사람을 엄습했다. 자신의 몸을 버리고 낯선 종족의 정신 속으로 뛰어든 세니의 행동이 철저하게 무의미했다면? 세니가 프로스페로의 아이들에게 먹혀버렸고 지금 남은 건 옛 친구의 희미한 흔적, 의미 없는 유령에 불과하다면?

작은 헛기침이 들렸다. 미라솔 최-그린이 자길 지하 음악실에 불러다 놓고 그 사실을 까맣게 잊은 것 같은 두 사람을 어이가 없다는 듯 쳐다보고 있었다.

"제가 말했잖아요."

미라솔의 얼굴은 진짜로 억울해 보였다.

"제가 지금까지 한 말을 왜 안 들었던 거예요?"

미래와 켄은 피아노 의자에 앉아 멍하니 미라솔의 얼굴을 바라보았다. 미라솔은 지난 몇 년 동안 모두에게 진짜로 많은 이야기를 했다. 하지만 무슨 이야기였지? 김영천은 죽어 마땅한 쓰레기다? 거기엔 모두가 동의했다. 한자경도 마찬가지로 쓰레기다? 그건 다들 대충 넘겼다.

우린 모두 트로이 시민들처럼 아폴로의 저주에 걸렸던 걸까? 정말로 미라솔은 카산드라처럼 의미 있는 말을 하고 있었던 걸까?

미라솔은 한숨을 내쉬고 지금까지 몇 개월 동안 해왔던 이야기를 요약했다. 한자경은 라스푸틴 이후의 알파 악당들에 대비한다면서 지금까지 회사에서 한 프로스페로 과학 연구 예산을 축소했다. 그러는 동안 라스푸틴이 파괴한 안산 연구소의 데이터 상당수가 얼렁뚱땅 자취를 감추었고 여기에 대한 어떤 복구 시도도 없으며 죽은 연구원들의 대체 인원도 채워지지 않았다. 지금 회사는 심지어 김영천 회장 때보다도 호전적이다. 단지 회사가 죽은 김 회장 때보다 성공적으로 알파 악당들을 해치우고 있기 때문에 다들 승리에 도취되어 뭐가 잘못되었는지 놓치고 있을 뿐이다. 하지만 언제부터 알파 악당 퇴치 쇼를 보여주는 것이 회사의 진짜 목표였던가. 무엇보다 다들 한자경을 얕잡아 보고 있기 때문에….

논리적이었다. 말이 됐다. 왜 지금까지 다들 미라솔의 논리를 무시했는지 이해가 되지 않았다. 그냥 위험할 정도로 굳어버린 선입견 때문일까. 아니면 외부의 영향을 받고 있었던 게 우리였던가.

노크 소리가 났다. 문이 열리고 사복 차림에 방문객 출입증을 단 장유영이 들어왔다. 미라솔을 본 그 사람의 얼굴은 순식간에 새빨개졌다. 그동안 FakePaprika 이름으로 나온 글로우 팬픽들의 내용을 생각해보면 당연한 반응이었다.

"새 챕터를 썼어요."

장유영은 애써 미라솔을 외면하며 말했다.

"그동안 막혔던 부분이 뚫렸어요. 여기서부터는 주로 한자경 입장에서 이야기가 전개됩니다. 내용을 듣고 싶으신가요? 아니면 완성할 때까지 기다리시겠어요? 완성될 무렵엔 이야기가 바뀔 수도 있어요."

"듣고 싶군요."

켄이 말했다.

장유영은 들고 있던 회사 태블릿을 켰다.

"제 이야기에서 한자경과 양인호는 애인 사이였어요. 그리고 한자경은 김영천 회장이 직접 지시한 그 비밀 실험에 가장 맹렬하게 반대했던 사람이었어요. 일단 원칙에 위배되는 실험이었어요. 그리고 인호를 보호하려고 했지요. 하지만 그 사실을 알게 된 인호가 실험 대상으로 자원했어요. 연상인 여자 친구의 보호를 받는 건 자존심이 허락하지 않았어요. 무엇보다 자기가 언젠가 힘을 잃을 거라는 게 두려웠고요. 여기까지는 그럴싸한가요?"

"그럴 겁니다. 적어도 한자경이 직접 쓴 사내 보고서의 내용과 거의 일치합니다. 둘이 애인 사이라는 건 적혀 있지 않았지만 그래도 많이들 짐작하고 있었어요."

"그렇군요. 전 한자경이 안산 연구소에 남아 있었던 것도 라스푸틴으로 변한 인호를 설득하기 위해서였다고 썼어요. 자기에게 그럴 힘이 있다고 생각했겠지요. 하지만 아니었어요. 라스푸틴은 이미 정신이 나가 있었고… 애당초부터 인호는 한자경을 사랑하거나 그러지는 않았던 거 같아요. 전 도저히 설득되지 않는 괴물을 상대로 떠들다가 결국 좌절하고 마는 한자경의 대사를 길게 썼어요.

그러다 한자경은 뜻밖의 사실을 알게 됩니다. 인호가 얼마나 윤세니를 증오하는지."

"그건 아닌 거 같아요."

잠자코 듣고 있던 미라솔이 참을 수 없었는지 끼어들었다.

"인호는 세니 언니를 숭배했어요. 그건 모두가 알았어요."

장유영의 얼굴에 나이에 어울리지 않는 화사한 미소가 떠올랐다. 자기 팬픽 주인공이 말을 걸어왔으니 당연한 반응이었다.

"인호가 세니의 팬이었다는 건 저도 알아요. 하지만 인호는 단 한 번도 세니를 만난 적이 없었어요. 오로지 교과서와 영상을 통해 세니를 배웠지요. 세니의 영혼이 접근해 왔을 가능성도 없지는 않아요. 같은 발화자이고, 세니의 테크닉을 집중적으로 배워왔으니 그럴 수 있는 연결점이 만들어졌겠죠. 하지만 제 이야기 속 인호는 그냥 세니의 팬에 불과했어요. 팬의 사랑이 얼마나 의미 있을 수 있는지는 저도 알아요. 저도 누군가의 팬이니까요. 하지만 그건 진짜 사람에 대한 사랑과 좀 다르지 않을까요?"

마치 자신의 팬심은 인증을 받았으니 다른 팬들 나부랭이의 팬심과는 차원이 다르다는 듯한 말투였다.

"그러니까 제 이야기의 설정에서는 알파 히어로와 알파 악당들의 영원한 대결이라는 현상을 유지하려는 복잡한 시스템이 있고 그게 자아와 의지가 있는 존재처럼 각각의 상황에 반응합니다. 인호는 이 단순한 이분법적 세계에 몰입해 있었어요. 팀에 들어오기 전에 선배를 죽였기 때문에 그 죄책감의 영향을 받아 더 그랬는지도요.”

「마지막 테스트」를 읽지 않은 미라솔은 어이가 없다는 듯 얼굴을 찡그렸지만, 곧 상황을 파악한 듯 보였다.

“라스푸틴은 이 항상성 유지의 가장 막강한 도구가 되었습니다. 반대가 아니냐고 생각하실 수도 있겠죠. 아닙니다. 라스푸틴이 나오기 전 알파 악당들은 힘을 잃고 있었어요. 대치동 백발마녀 이후 눈에 뜨이는 빅 배드도 없었잖아요. 3대 회사가 쇼를 계속하기 위해, 일부러 라스푸틴을 빅 배드로 만들었다는 음모론이 왜 나왔을까요. 라스푸틴은 이 전쟁을 다시 선명하게 만들려고 했습니다. 그러기 위해 한물간 게으른 노인네들을 척살하는 것처럼 좋은 방법이 어디에 있나요?

하지만 여기에 방해꾼이 끼어듭니다. 바로 세니지요. 아니, 방해꾼이 아니라, 세니야말로 그때까지의 상황을 만든 주체였습니다. 그때까지 패싸움 이야기에 갔던 에너지가 세니의 노력을 통해 프로스페로의 아이들 개별 개체로 갔습니다. 아이들은 스스로 생각하기 시작했고 하나씩 이야기 바깥으로 벗어났어요. 항상성 유지의 도구인 라스푸틴에게 이 상황을 막게 하려면 어떻게 해야 하나요? 맞습니다. 라스푸틴은 세니를 적으로 인식했습니다. 그리고 자신에게 주어진 증오심을 정당화하기 위해 동기를 만들었어요. 알파 악당의 악으로부터 세상을 수호하는 세니의 순결하고 명쾌한 이미지는 몽땅 가짜였습니다. 진

202

짜 세니는 의뭉스러운 괴물이었고 파괴되어야 했습니다. 제가 어렸을 때는 아이돌판에 이런 말이 있었어요. '빠가 까가 되면 무섭다'라고요. 기억하는 사람이 있을지 모르겠는데.

이 모든 게 혼란스럽다는 건 저도 압니다. 일단 라스푸틴 자체가 알파 악당이잖아요. 저도 그래서 이야기를 만들기가 어려웠어요. 하지만 안산 연구소 장면을 쓰면서 서서히 흐름을 찾았습니다. 라스푸틴에게 연설의 공간을 주니까 알아서 직접 말을 하기 시작하더군요. 여전히 뒤죽박죽이었지만 그래도 이해가 됐습니다. 이해할 수 있는 생각이 꼭 논리적이어야 하는 건 아니니까요."

장유영은 태블릿을 들고 자기가 몇 분 전에 쓴 글을 읽었다.

"'라스푸틴이 한자경에게 말했다. "아니야, 나는 세계를 지키는 거야. 올바른 세계, 선과 악을 분명하게 구분할 수 있는 세계. 세니야말로 우리 세계를 멸망시키려고 하는 괴물이야."'

한자경은 쉽게 여기에 넘어가지 않습니다. 일단 그 사람도 세니를 사랑했으니까요. 하지만 일리는 있다고 생각합니다. 정체를 알 수 없고 위험하기 짝이 없는 지적 생물에게 자유의지를 주는 것이 과연 인류에게 안전한 일인가?

하지만 그 생각은 길게 이어지지 않아요. 라스푸틴은 무언가를 한자경에게 심었으니까요."

"그게 뭔가요?"

미래가 물었다.

"거기서 또 막혔습니다. 전 처음엔 커다란 애벌레 같은 것이 라스푸틴의 입에서 나와서 한자경의 입안으로 들어가는 그림을 상상했습니다. 하지만 이건 너무 진부하고 옛날 SF 영화 같잖아요? 게다가 인호를 라스푸틴으로 만든 실험이 그런 종류였을 거 같지 않습니다. 여전히 애벌레가 아쉽긴 해요. 하지만 그렇게 쉽게 설명할 수 있는 과정은 아니었을 거 같습니다. 조금만 더 시간을 주신다면 그럴싸한 묘사를 찾을 수 있을 거 같긴 한데요, 중요한 건 지금 한자경이 라스푸틴처럼 그 무언가의 영향을 받고 있다는 거 아니겠어요?"

"저기요."

미라솔이 말했다.

"전 지금까지 온갖 데이터와 논리를 동원해서 한자경에게 문제가 있다고 설명했지만 아무도 진지하게 듣지 않았지요. 그런데 「글로우에게 새벽은 없다」 작가가 새 팬픽 줄거리를 들려주니까 모두가 그걸 다 사실이라고 믿는 거예요?"

"그걸 읽으셨군요!"

장유영이 외쳤다. 수치심과 기쁨이 멋대로 뒤섞여 구별되지 않는 새빨간 얼굴을 하고.

8.

수진은 단 한 번도 골프라는 스포츠를 제대로 이해한 적이 없었다. 지나치게 시간이 많은 노인네들이 전기 카트를 타고 풀밭을 돌아다니며 가끔 막대기로 공을 치는 게 어떻게 스포츠야? 저따위 오락을 위해 저렇게 넓은 공간을 낭비하다니. 골프 리조트 회장 손녀가 이런 생각을 하면 안 될 것 같지만 수진은 했다. 애매한 실력의 프로 골퍼였던 수진의 아버지가 성관계 불법 촬영으로 감옥에 들어가자 그런 생각은 더 강해졌다. 육상을 택한 것도 그 때문이었다. 정직한 운동. 아버지가 하는 골프 따위와는 차원이 다른.

남한 땅엔 이제 골프장이 존재하지 않았다. 적어도 물리적 공간에서는. 손가락 하나 까딱하지 못하는 반시체가 된 백십 살 노인인 할아버지는 의료용 젤 안에 태아처럼 파묻힌 채 여전히 가상현실의 골프장에서 공을 치고 있었다. 징그러웠다. 다행스럽게도 이제 현실 세계에서 옛 골프장들은 더 실용적인 용도로 활용되었다. 할아버지의 영토는 현재 감자밭이었다. 수진은 지금도 한때 살충제로 오염된 밋밋한 풀밭이었던 곳이 생산해내는 칼로리의 양에 감탄하곤 했다.

감자밭을 포함한 리조트 건물은 이제 K-포스 소유였다. 연구소, 훈련실, 병원이 연결된 작고 분주한 도시였다. 그리고 이곳은 몇 주 전부터 미라솔 최-그린의 졸업식을 준비하느라 바

뺐다.

미라솔의 졸업식은 다른 알파 히어로의 졸업식과 의미가 달랐다. 글로우는 다른 알파 팀과는 달리 테세우스의 배가 아니었다. 멤버 교체도 없을 것이며 이름을 물려주는 일도 없을 것이다. 졸업식은 글로우의 느린 퇴장을 알리는 첫 신호였다.

적어도 몇 시간 전까지는 대부분 그런 줄 알았다.

수진은 이마에 구멍이 뚫린 채 발밑에 쓰러져 죽어 있는 남자애를 내려다보았다. 기껏해야 열다섯이나 열여섯. 아직도 눈이 뜨인 얼굴엔 일그러진 사악한 미소가 박혀 있었다. 흔해빠진 얼굴. 지금까지 저런 얼굴을 한 남자아이들이 온갖 어처구니없는 망상에 넘어간 소년병이 되어 폭탄을 던지고 총질을 해왔던 거겠지. 처음 녀석이 덤볐을 때는 수진도 조금 겁이 났다. 하지만 아무리 염동력이 엄청나다 해도 방어막이 없으면 총에 맞아 죽는 건 마찬가지다. 다들 팀으로 다니는 데엔 이유가 있는 거야.

"괜찮으십니까?"

뒤에서 달려온 경호팀 멤버가 물었다.

"괜찮아. 아미르는 어때?"

"왼팔이 부러진 모양인데, 응급 치료를 받고 계속 싸우고 있습니다."

"사망자는?"

"침입자 네 명이 죽었습니다. 저 애까지 포함해서요. 아직 제2방어선은 뚫리지 않았습니다. 그리고…"

1, 2초 정도 어색한 침묵이 흘렀다.

"…슬슬 아군과 적군이 분명해진 것 같습니다."

"경호팀은?"

"다섯 명이 이탈했습니다. 나머지는 예우정 팀장이 설득했습니다. 몇 분 전에 케네스 리 이사가 상황을 확인하려고 본부실에 도착했습니다. 보안팀 상황은 아직 확인되지 않았습니다. 절반 정도는 넘어간 것 같습니다."

"아퀼라는?"

"우리 편은 아미르뿐입니다."

죄책감이 몰려왔다. 아퀼라가 되는 것이 평생의 꿈이었던 아이였다. 수진은 아퀼라 멤버로 선정되었을 때 그 애의 얼굴 위에 떴던 환한 미소를 잊을 수가 없었다. 하지만 그 애를 기다리고 있던 건 안티들과 인종 차별주의자들의 무자비한 공격이었고 결국 팀의 배반자가 됐다. 인터넷에 앞으로 어떤 글이 올라올지는 안 봐도 알 것 같았다.

수진은 권총을 총집에 넣고 걷기 시작했다. 스무 걸음도 걷기 전에 그 얼룩진 보도블록이 나왔다. 검은 얼룩은 아버지의 피였다. 주변의 다른 블록은 교체했지만, 수진은 그것 하나만은 남겨놓았다. 아직도 그 블록을 볼 때마다 긴 꼬리처럼 뽑혀

나간 척추뼈에 매달린 아버지의 머리가 보도 위를 굴러다녔던 그날이 떠올랐다. 매일같이 구타하고 모욕을 주던 부하 직원들에게 법을 초월하는 살상 능력이 생겼으니 그건 필연적인 결과였다. 문제는 그 사람들의 분노가 옆에 있던 딸에게로 넘어가려고 했다는 것이었다. 수진은 새로 생긴 염동력으로 어떻게든 공격을 막아보려 했지만, 상대편은 수가 너무 많았다.

그때였다. 세니가 나타난 것은. 아니, 나타난 건 블루 스펙터스 멤버 전체였고 그들 뒤에는 스태프 수십 명이 있었지만, 수진은 세니의 얼굴만을 기억했다. 막 죽인 남자들에게서 뿜어져 나오는 불꽃을 후광처럼 뒤에 두른 화사한 얼굴. 세니는 불의 천사였다.

블루 스펙터스의 공식적인 미인은 미래였지만 사람들은 늘 세니의 얼굴을 먼저 알아보았다. 사람들의 시선을 끌고 그들로 하여금 자신을 사랑하게 하는 능력. 세니에겐 그게 있었다. 그 능력을 알기에 수진은 늘 세니로부터 거리를 두었다. 그렇게 쉽게 넘어갈 생각이 없었다. 그렇다고 세니를 사랑하지 않았다는 건 아니었다. 그건 어쩔 수 없는 일이었으니까.

수진은 강당 건물 안으로 들어갔다. 사람들은 웅성거리면서도 일을 멈추지 않았다. 손님들 3분의 2는 여전히 남아 있었다. 요리사들은 야채와 밀웜 가루를 전기 카트로 운반하고 있었고, 인턴들은 몇 분 전 침입 시도 때 떨어져 나간 미라솔의 전신 사진을 다시 복도 벽에 붙이고 있었다. 대강당 옆 연습실에서는 브라스 밴드가 엘가의 〈님로드〉를 연주하고 있었다. 호른이 계속 불안한 삑삑 소리를 냈다.

강단 안에는 미래와 글로우 멤버 전원이 다소 맥 빠진 자세로 관객석에 앉아 폰을 노려보고 있었다. 무대 위 스크린 위에는 2분짜리 졸업식 오프닝 동영상이 반복해 돌아갔다. 10분 전에 간신히 끝난 전투에서 막 빠져나온 터라 모두 옷이 엉망이었다.

스크린이 깜빡이고, 한자경의 지친 얼굴이 떴다.

"이건 쿠데타야."

한자경이 말했다.

"어떻게 그렇게 되지? 알파 악당들과 작당한 것도 너고, 멤버 졸업식을 틈타 여기를 장악하려고 했던 것도 너야."

미래가 말했다.

"어쩔 수 없었어. 너와 켄이 프로스페로의 아이들과 손을 잡으려 했으니까."

"우린 처음부터 그것들의 노예였어. 너도 지금 그것들에게 놀아나고 있는 거야. 우린 처음으로 그것들과 맨정신으로 동등하게 대화할 기회를 잡았어. 그쪽도 마찬가지고."

"넌 인류 전체의 운명을 도박에 걸고 있어. 지금까지 우리가 지구의 만화책에 취한 프로스페로의 아이들에게 놀아나고 있었다? 말이 돼. 하지만 적어도 우리가 이 상태를 유지하면서 지구의 다른 지역을 보호하고 있어. 너희는 지금 세니의 유령에게 홀려 있어. 그런데 그게 진짜 세니라는 걸 어떻게 알지?"

"그런 식으로 은근슬쩍 넘어가려고 하지 마. 너야말로 라스푸틴의 유령에게 지배당하고 있어. 그리고 우린 라스푸틴이 파괴한 데이터 대부분을 복구했어. 과학이 우리를 지지해."

한자경의 얼굴에 비틀린 미소가 떴다.

"모두가 외계인에게 홀려 있으면서 자유 의지를 따지고 있는 우리가 어이없지 않아?"

"적어도 우린 그 상황을 깨트리려고 하고 있어. 넌 여전히 그 상태에 머물려고 하는 거고. 생각해봐. 언제까지 이렇게 살 수는 없어."

"왜 안 된다는 거지?"

한자경의 얼굴이 스크린에서 사라졌고 다시 졸업식 소개 영상이 떴다.

"병규가 죽었어요."

지나가 말했다.

"아까 부상이 생각보다 심했나 봐요. 아퀼라가 게시판에서 복수를 선언했어요. 이제 내전은 피할 수가 없겠군요."

"그러게 남의 졸업식을 망치러 오는 게 아니지."

미래가 멍한 목소리로 말했다.

잠시 침묵이 흘렀다. 지금 이 상황은 지난 며칠 동안 머리를 모아 짜냈던 가능성의 리스트에서 많이 벗어나 있지 않았다. 하지만 그렇다고 현실의 무게가 사라지는 건 아니었다.

"이제 어떻게 하지?"

수진이 물었다.

"계획대로 진행해. 단지 행사 내용이 조금 바뀔 뿐이야."

"어떻게?"

"지금까지 회사에서 숨기고 있던 모든 걸 공개할 거야. 이젠 과학과 사실밖에 믿을 게 없어."

수진은 등 뒤에서 기다리고 있던 방송팀에게 신호를 보냈다. 스태프들이 장비를 하나씩 끌고 들어왔다. 글로우 멤버들은 일어나 옷매무새를 다듬었다. 전투 중에 생긴 옷의 구멍과 얼룩은 오히려 이 상황에 더 어울렸다.

결국 이렇게 끝이 나는군, 수진은 강당을 나오면서 생각했다. 20년에 걸친 코믹북 슈퍼히어로 유니버스가 막을 내리는 거야. 그 뒤는 어떻게 되는 거지? 정상적인 세상의 정상적인 사람들은 어떻게 살지?

아니, 앞으로 다가올 세계가 과연 정상적이긴 할지 그건 어떻게 알지?

글로우의 영광

1.

"지금의 아퀼라는 내가 알던 아퀼라가 아니야."

산주가 말했다.

"은근슬쩍 과거 세탁하고 싶은 모양인데, 아퀼라는 문제가 없었던 적이 없었어. 선배야말로 모를 수가 없잖아."

지나가 대답했다.

"문제가 없다고 말한 적 없어. 단지 당시는 그 문제를 자체 해결할 능력도 있었다는 거지. 고요가 죽은 뒤로는 그게 사라져버렸어."

"고요가 살아 있었다면 아퀼라는 다른 선택을 했을까? 난 잘 모르겠다."

"적어도 졸업식 습격과 같은 어처구니없는 작전엔 반대했을

걸. 병규도 살아 있었을 거야."

"병규는 언젠가 사고 칠 운명이었어."

"네가 죽였니?"

"그 정도면 자폭한 거라고 할 수 있지 않을까. 미라솔 언니에게 덤벼들 때 걔 얼굴을 봤어야 했어. 하찮은 녀석."

"맥은?"

"습격 때 빠졌어. 이미 거의 베타잖아. 하지만 아퀼라의 선택을 지지한다고 했어. 그럴 줄 알았지. 팀의 결정에 반대한다는 개념 자체를 이해하지 못할걸. 뭐랄 생각은 안 들어. 아마 사람들은 내가 미래 언니에게 맞서는 것 역시 상상 못 할 거야."

"그럴 수 있다고 생각해?"

"미래 언니에게 맞서는 거?"

지나의 생각이 잠시 멎었다. 가능하기는 할 거야. 하지만 미래 언니와 내가 의견이 다를 수 있긴 할까? 내 생각이 언니와 달랐던 적이 있었나? 미래가 글로우를 떠난 이유 중 하나도 그거였다. 너희들은 스스로 성장할 필요가 있어. 하지만 글로우는 언제나 미래의 팀이었고 멤버들의 선택은 늘 미래의 선택과 겹쳤다. 당연하잖아, 미래 언니는 늘 옳으니까. 심지어 미라솔이라고 해도 의견이 다를 것 같지 않았다. 음모론에 대한 집착과 반항기에도 불구하고 미라솔이 언제나 훌륭한 리더였던 이유도 그 당연한 사실을 공유했기 때문이었다. 미래 언니는 옳다. 대체로. 진실을 뚫어 보는 눈이 있는 반신 따위어서가 아니라 그냥 늘 우리가 최선이라고 여기는 선택을 하니까. 심지어 그 선택이 잘못되었어도 미래 언니는 옳아.

산주는 대답하지 않아도 알겠다는 듯, 작고 하얀 이가 살짝 드러나는 미소를 지었다.

"너희는 당연히 미래 누나를 따르겠지. 하지만 다른 사람들도 그럴까? 한자경의 비겁함을 접어두고 보면 이건 선악의 문제가 아니잖아. 인류를 멸망시킬 수도 있는 지적 존재와의 첫 접촉에 대한 거야. 사람들의 공포는 당연해. 여기에 대해 한자경은 명쾌한 해답을 제시했지. 프로스페로의 아이들을 깨어나게 해서는 안 된다. 윤세니 귀신에게 홀려 미친 짓을 하는 서미래를 처단하라."

"하지만 그것들은 우리가 개입하지 않아도 언젠간 깨어날 거야. 우린 그것들을 통제와 대화가 가능한 존재로 만들려고 하고 있어. 우리를 막는다면…."

"'우리'라니. 세니겠지. 그리고 그건 다 추정이 아닌가?"

"추정 이상이야. 우리에겐 과학적 데이터가 있어."

"그래? 그렇다면 왜 사람들을 설득할 수 없는 거지?"

"사람들은 원래 과학자들 말을 안 듣잖아."

"과학자라고 다 아는 것도, 늘 사실을 말하는 것도 아니지. 특히 회사 따까리들은 더욱 믿음이 안 가. 너도 그 사람들 하는 말은 다 안 믿을걸?"

"쓸데없이 말이 길어진다. 그래서 어느 쪽 편을 들 거야?"

"다른 팀들은 어때?"

"스튁스는 우리 편이야. 단지 민예는 전투가 벌어져도 참가하지 않을 가능성이 높아. 아무래도 병규와 사귀었으니까. 오래 못 가긴 했지만. 오리온은 전원이 아퀼라를 따를 거야."

"성 대결이네?"

"그림자 멤버들, 경호팀, 생도들까지 포함하면 꼭 그렇지도 않지. 하지만 성 대결 비슷해지고 있는 건 사실이야. 한자경이 회사를 죽은 회장이 군림하던 시절로 돌려놓을 거라고 믿는 남자들이 많아. 다른 회사들도 비슷한 분위기라는 소문을 들었어. 하지만 직접 행동은 안 할 거야. 다들 글로우와 아퀼라가 한판 붙기를 기다리고 있어. 그 결과를 보고 행동하겠다는 거지."

"중세 유럽의 결투 재판 같아."

"거기까지 안 가려고 노력하는 중이지. 그러려고 지지 세력을 모으러 다니는 거고. 어떻게 할 거야?"

산주는 몸을 뒤로 젖히고 머리를 긁었다.

"나로서는 미래 누나를 따를 수밖에 없어. 이유는 너와 같아. 누나는 옳으니까. 누나가 지금의 나를 만들었으니까. 서명할게. 하지만 내 서명이 도움이 될까? 나를 좋아하는 사람은 이제 별로 없어. 다들 나 때문에 고요가 죽었다고 생각하지."

"고요는 그냥 인호를 죽이는 게 두려웠을 뿐이야."

"그리고 사람들은 아직도 안 믿지? 인호가 라스푸틴이라는 거. 사람들은 진실보다 익숙한 거짓말을 택해. 그게 편하니까. 패드 줘."

산주는 지나가 내민 패드에다 손가락으로 서명을 하며 우울하게 웅얼거렸다.

"안티 팬들이 더 늘겠군."

2.

편의점 앞 낡은 모노블록 의자에 앉아 테이블 위의 녹차 캔과 물리학 교과서를 번갈아 내려다보고 있는 산주를 뒤로하고, 지나는 모노휠 바이크에 올라탔다. 멀리 K-포스 건물 유리벽 위에 누군가가 드론으로 서미래의 커다란 사진을 붙여놓은 게 보였다. 얼굴에 빨간 페인트를 뿌리고 밑에 "죽어라, 살인자! 배신자!"라고 써 갈긴. 분노한 아퀼라 팬들의 짓이었다. 엉뚱한 데에 붙인 물건이었지만 한자경은 그걸 내버려두겠지.

자유로를 질주하며 지나는 고함을 질렀다. "죽어! 죽어! 죽어라!" 어이없게도 그 죽어야 할 대상이 누군지는 알 수 없었다. 한자경에 대해서는 아무 감정도 없었다. 아퀼라에 대해서는 배신감을 느꼈지만, 이해는 했다. 이 모든 사태의 원인인 프로스페로의 아이들에 대해서는 연민만을 느꼈다. 아니, 그건 심지어 사랑일 수도 있었다. 나머지 어중이떠중이는 알 바 아니었다. 그렇다면 나를 짓누르는 이 감정은 어디로 가야 하지? 내가 왜 아직 이걸 짊어지고 있는 거지?

분노는 지나에게 습관화된 감정이었다. 너무나도 오래 동거했기에 통제하기도 쉬웠다. 하지만 지금은 사정이 달랐다. 대상이 은근슬쩍 흐트러진 지금도 남아 있는 이 감정은 조금 공포스럽기까지 했다.

한 시간 뒤, 지나는 미래와 켄이 본부로 쓰고 있는 선셋 리지 골프 리조트에 도착했다. 바이크의 모터와 배터리는 여전히 차가웠다. 상암동에서 여기까지 오는 동안 바퀴를 돌린 건 지나의 염력이었다.

염력으로 기계를 돌리는 능력은 원래 현호와 현민 쌍둥이의 것이었다. 하지만 글로우는 멤버들의 모든 능력을 공유했다. 단지 모든 멤버들에게 동일한 능력을 주는 건 미래의 목표가 아니었다. 다섯 명의 글로우 멤버들은 모두 달랐고 같은 능력을 공유한다고 해도 다르게 터져 나왔고 다르게 쓰였다. 그때야말로 멤버들의 개성이 진짜로 발현되는 순간이었다. 글로우의 활동 기간 동안 이 사실을 눈치챈 외부인은 소수였다. 글로우를 상대로 이기기가 힘든 것도 그 때문이었다. 적들은, 심지어 아군 상당수도 이 팀을 온전히 이해하지 못했다.

지나는 경호팀과 생도들이 분주하게 드나들고 있는 강당 건물로 들어가 지하 2층으로 내려갔다. B202호실의 회색 문 위에는 작은 칠판이 걸려 있었고 미래 특유의 길쭉한 필체로 갈겨 쓴 분필 글자들이 적혀 있었다. 'Delphi.'

문을 열고 들어가니 미래와 켄, 엘리 러더퍼드, 수진, 미라솔이 팬픽 작가 다섯 명과 함께 둥글게 앉아 있었다. 작가 중 한 명은 「아퀼라의 그림자」를 쓴 정유영이었다. 다른 네 명은 정유영 이후 회사가 찾아낸 다른 '안테나'였다. 여자 넷에 남자 하나. 정유영을 제외하면 다들 지치고 어리둥절해 보였다. 지나는 뒤늦게 남자를 알아보았다. 이창재. 죽은 병규를 일인칭 주인공으로 한 아주 선정적인 포르노 연작을 쓴 사람이다. 그게 연애가 끊긴 중년 남자의 망상이 아니었나 보다. 그래서 그렇게 재미가 없었나.

지나가 남은 의자를 가져와 동그라미에 합류하는 동안에도 러더퍼드 박사와 정유영은 조그만 목소리로 말을 주고받고 있었다.

"…하지만 어제와는 말이 다르잖아요."

러더퍼드 박사가 말했다.

"…그래도 오늘은 이게 더 그럴싸하게 보여요. 제 이야기와도 맞고요. 저에게 동의하시는 분?"

팬픽 작가 두 명이 주저하다 손을 들었다.

러더퍼드 박사는 난감한 얼굴이었다. 이해가 갔다. 지금 이 방에서 벌어지고 있는 일은 과학 연구라고 보기엔 좀 민망했다.

처음에는 이 모든 일을 단순하게 설명할 수 있을 것 같았다. 대구 지하에서 올라온 외계 미생물이 감염된 사람들의 뇌 구조를 바꾸어서 일부를 초능력자로 만들었다. 하지만 대구에서 블루 스펙터스가 프로스페로와 조우한 이후 이 모든 게 더 복잡해졌다. 프로스페로 생태계에 속한 외계 생명체가 87종이나 발견되었고 이들이 어떻게 연결되었고 어떻게 기능하는지 대체로라도 이치에 맞게 설명하는 건 결코 쉬운 일이 아니었다. 가장 그럴싸한 설명도 다 제각각이었고 모두 심각한 구멍이 있었다.

가장 설명이 고약한 건 프로스페로의 아이들이 어디에 있느냐는 것이었다. 처음에는 감염된 인간 뇌의 네트워크 안에서 존재한다고 생각했다. 하지만 거대한 젤리형 괴물이었던 프로스페로와 사람들을 감염시킨 프로스페로 미생물은 완전히 다른 종이었다. 아이들이, 그 미생물이 만든 인간 뇌의 네트워크 안에 오로지 정신의 형태로 존재한다는 주장은 여러모로 이상하게 들렸다. 육체를 가진 무언가가 외부에서 감염된 인간을 조종하고 있다는 게 더 그럴싸하다. 하지만 어떻게?

러더퍼드 박사는 팬픽 작가들에게 물어보기로 마음먹었다.

그렇게까지 어처구니없는 생각은 아니었다. 연구의 발단이

된 정유영의 팬픽은 기본적인 사실만 따진다면 90퍼센트 이상의 적중률을 보였다. 기준을 조절한다면 거의 100퍼센트라고 할 수도 있었다. 단순히 회사의 숨겨진 역사만 맞힌 게 아니었다. 더 놀라운 것은 과학적 정확성이었다. 무심코 집어넣은 소소한 디테일이 회사 과학자들이 쌓은 데이터와 80퍼센트 이상 일치한다면 이건 그냥 우연일 수 없다.

문제는 정유영이 깔끔하게 글을 쓰는 작가가 아니라는 데에 있었다. 일단 글을 완성한 뒤 수십 번 퇴고를 거치는 스타일이었다. 문장을 정교하게 다듬기 위해서가 아니었다. 척 봐도 그런 데에 관심이 없어 보였다. 바뀌는 건 문장이 아니라 이야기와 설정이었다. 회사 과학자들을 놀랜 '사실'들도 끊임없는 시행착오를 통해 수정된 결과였다. 그리고 그 시행착오를 통해 정유영이 도달하려는 목표는 단 하나. 자기가 보기에 가장 그럴싸한 이야기였다. 러더퍼드 박사가 짜증을 낼 만도 했다.

한동안 멍한 눈으로 천장을 응시하고 있던 러더퍼드 박사는 어머니에게서 물려받았다는 블랙풋 부족 디자인의 조개껍질 팔찌를 로자리오처럼 조금씩 돌리며 말했다.

"그러니까 정리해보죠. 우리가 대구에서 발견한 프로스페로는 '어미'입니다. 오로지 아기를 낳고 양육하기 위해서만 존재합니다. 여왕벌처럼 아주 소수의 선택된 존재만이 '어미'가 되지요. 여기까지는 모두가 인정하는 사실입니다.

프로스페로 종족은 자신의 종족 보존을 위해 주변 동물들을 조종합니다. 그리고 이를 위해 공생하는 수많은 프로스페로 미생물들을 이용합니다. 감염자들, 시체 괴물들은 모두 그 미생물을 통해 프로스페로 어미와 연결되고 그 목적을 위해 봉사합니다. 단지 지구의 동물들이 프로스페로 종족들이 원래 살았던 곳의 동물들처럼 정확하게 조종당하지는 않는 것 같습니다. 오랜 시간 동안 묻혀 있는 동안 프로스페로 종족들이 퇴화해 기능을 잃었을 가능성도 큽니다. 그 때문에 지금의 혼란이 발생했습니다. 동의하시나요?"

억지로 하품을 삼키고 있는 이창재를 제외한 팬픽 작가들이 일제히 고개를 끄덕였다.

"프로스페로 어미는 블루 스펙터스에 의해 살해되었습니다. 하지만 그 아이들은 어떻게 살아남았지요. 그리고 지금까지 감염된 사람들의 정신에 영향을 끼쳤습니다. 정유영 씨 주장은 작은 시체 괴물들이 수성못 파괴 이전에 애벌레 또는 알의 형태로 존재했던 아이들을 안전한 곳으로 옮겼다는 것입니다. 그것들은 어미의 온전한 보호를 받지 못했기 때문에 정상적으로 성장하지 못했습니다. 이 아이디어에 기반을 둔 게 연주인 씨의 스튁스 팬픽인 「미친 아이들의 강」입니다. 단지 이 작품에서는 의미 있는 건 오로지 과학적 추정뿐이며 스튁스 멤버들 간의 이야기는 모두 허구임을 밝힙니다. 그건 제가 보장할 수

224

있습니다.

　정유영 씨는 여기에 놀라운 가설을 추가했습니다. 수성못의 어미가 죽기 전에 블루 스펙터스의 윤세니와 소통하는 데에 성공했고 윤세니는 거울연못 전투에서 자신의 몸을 버리고 아이들의 보호자가 되었습니다. 그리고 '어떻게 그게 가능했는가'를 다룬 「모두가 세니를 사랑했다」는 계속 내용이 바뀌고 있습니다!"

　"이제 안 바뀝니다."

　정유영이 말했다.

　"어제도 그렇게 말했어요. 그저께도 그렇게 말했습니다."

　"허락만 해주신다면 지금 버전을 당장 게시판에 올릴 수도 있어요."

　"「캘리번」은 게시판에 올린 뒤에도 세 번이나 수정하지 않았습니까?"

　"마지막 챕터만 조금씩 바꾸었어요."

　"가장 중요한 부분이잖아요."

　"결국 제가 맞았잖아요."

　"그 이전 버전들은 모두 사실과 거리가 멀었습니다. 지금 것이 그것들과 다르다는 걸 어떻게 확신하죠? 「캘리번」과는 달리 이번엔 사실을 확인해줄 사람도 없습니다."

　"작가의 감이요?"

러더퍼드 박사는 대답하지 않았다. 정유영은 의기양양한 얼굴로 말을 이었다.

"아무도 세니의 뇌를 발견하지 못했습니다. 제 생각엔 그 뇌는 프로스페로 시스템에 흡수될 때까지 꽤 오래 살아남았을 겁니다. 거울연못에서 바나나왕을 조종하던 그 무언가는 오로지 세니의 정신을 받아들이기 위해 만들어진 존재였습니다. 바나나 몬스터스 전체가 미끼 또는 알림 신호였습니다. 전 어제 프로스페로의 아이들을 위해 자신을 희생하려는 세니의 결단을 그린 챕터를 새로 썼습니다. 제 이야기의 겟세마니 기도지요. 참, 이제부터 전 프로스페로의 아이들을 미란다라고 부릅니다. 제 이야기 속 세니가 죽기 전에 그렇게 이름을 붙였어요."

"그렇다고 칩시다. 그런데 어미가 이미 죽었는데 어떻게 그런 게 가능할 수 있지요?"

러더퍼드 박사가 따졌다.

"어미는 다 죽은 게 아니니까요. 정신을 담고 있는 뇌세포라고 할까요. 그런 것 일부가 아이들과 함께 수성못에서 빠져나왔습니다. 그리고 살아남은 존재가 계속 세니에게 연락을 취했던 거죠. 이게 훨씬 말이 돼요. 어제 것, 그제 것보다요."

"그런 게 가능했다면 그냥 또 다른 어미의 몸을 만드는 게 더 쉽지 않았을까요?"

226

"어려웠나 보죠. 그러니까 없지요."

"있을 수도 있어요."

"없습니다. 제 이야기에서는요."

"그래요. 그다음에는요?"

"「모두가 세니를 사랑했다」에는 큰 구멍이 하나 있었습니다. 세니가 미란다들의 보호자가 된 뒤에 무엇을 했는지 설명하지 못한다는 것이죠. 하지만 제가 오늘 그럴싸한 설명을 찾았습니다.

세니는 그동안 필사적으로 싸우고 있었습니다. 우리가 게으른 정체라고 생각했던 건 파괴와 퇴보를 막기 위한 필사적인 투쟁의 결과였습니다."

"도대체 누구랑 싸우고 있었는데요?"

"프로스페로 어미요."

정유영은 환하게 웃으며 손가락으로 딱 소리를 냈다.

"프로스페로 어미의 정신은 파괴되고 있었습니다. 아무래도 뇌세포의 아주 일부만 남아 있었으니까요. 그리고 그것들은 따로따로 떨어진 채 서서히 죽어가고 있었어요. 세니가 보호자가 될 때까지 어떻게든 유지되고 있던 맑은 정신은 그 즉시 허물어져갔습니다.

차라리 다 죽었다면 나았겠지요. 하지만 정신의 파괴는 20퍼센트 정도에서 멈추었습니다. 이 숫자에 너무 큰 의미를 부여

하지 마세요. 중요한 건 퍼센트가 아닙니다. 한때는 믿음직한 보호자였던 그 존재가 지금은 파괴된 욕망과 감정의 파편만으로 이루어진 혼란이 되어 미란다들을 장악하기 시작했습니다. 세니는 지금까지 그것과 싸우면서 아이들을 지키고 있었던 거예요."

"어미가 붕괴되는 동안 세니는 멀쩡했고요?"

"어미는 자기를 담고 있던 뇌세포들이 죽어가면서 지력을 잃어갔어요. 하지만 세니는 그것들 상당수가 죽고 나머지가 안정기에 접어드는 순간 보호자가 되었으니까요. 상대적으로 멀쩡한 정신을 유지할 수 있었어요. 그리고 지금 우리에게 다양한 형태의 메시지가 오고 있다는 건 세니가 지금까지 이어져 온 긴 싸움에서 드디어 이기기 시작했음을 의미합니다!"

"그렇다면 어떻게 됩니까? 다음 단계가 있나요?"

"미란다들이 다음 단계로 넘어가겠지요. 번데기가 성충이 되는 것처럼요. 그 뒤에 단계가 더 있을 수도 있습니다만. 소통이 가능한 정상적인 상태의 외계 종족과 만나게 될 순간이 점점 더 가까워지고 있습니다. 그 종족은 부모로부터 아무것도 물려받지 못한 야만인일 수도 있지만 아닐 수도 있지요. 어느 쪽이건 인류는 더 이상 외롭지 않을 거예요."

"우린 단 한 번도 외로운 적 없습니다."

이창재의 떨리는 목소리가 갑자기 끼어들었다. 심각하고 언

짧은 얼굴이었다.

"지구인은 지금까지 수많은 동식물과 이 행성에서 같이 살아왔습니다. 우린 '대화'도 했습니다. 그 대화의 도구는 폭력이었지요. 수많은 종이 우리와 '대화'를 나누고 사라졌습니다. 고차원적인 대화요? 지구인 여자와 지구인 남자가 말이 통하던가요? 한때는 다른 종교나 다른 정치적 믿음을 가진 사람들과 평화롭게 공존할 수 있다고 믿는 순진한 사람들이 있었습니다만, 그게 허망한 꿈이라는 건 21세기 역사가 입증하고 있지요. 여기 사람들은 대화가 가능한 외계 종족과의 만남이 그러지 않아도 힘들기 짝이 없는 우리 삶을 더 힘겹게 만들지도 모른다는 생각은 안 드는 겁니까?"

"지금까지 해결되지 못한 과학적 질문에 대한 답을 갖고 있을 수도 있지요. 그 지식으로 에너지 문제나 식량 문제를 해결할 수 있을지도 몰라요. 무엇보다 지금의 쿼런틴을 풀 수 있지 않을까요?"

러더퍼드 박사가 말했다.

"초광속 우주선을 만드는 기술을 알려줄지도 모르지요. 그래요. 그 우주선을 타고 우주로 나가는 겁니다. 그리고 처음 만난 외계 종족과 '대화'를 나누게 되겠지요. 와, 정말 기대가 되는데요?"

"이창재 씨는 지금 다른 건물에 있고 싶어 하시는 것 같군요."

지금까지 오가는 대화를 가만히 듣고만 있던 미래가 조용히 말했다.

뚱한 얼굴로 미래와 켄 사이의 빈 공간을 응시하던 이창재는 고개를 저었다.

"아닙니다. 전 여러분이 하는 일이 옳다고 생각합니다. 지구에 멸종 위기의 외계 생물이 있다면 당연히 보호해야 합니다. 그 때문에 우리 인생이 골 때리게 힘들어져도 그냥 해야 하는 겁니다. 그런데 지금 여러분은 너무 장밋빛 미래만을 보시는 거 같습니다. 무엇보다…."

한없이 길게 이어질 것 같던 연설은 켄의 갑작스러운 비명으로 중단되었다. 이를 악물고 목에서 올라오는 비명을 짧게 자른 켄은 양손으로 의자 손잡이를 움켜쥐며 말했다.

"소미에게, 소미에게 무슨 일이 생겼어."

3.

소미는 글로우의 가장 약한 고리였다. 힘은 변덕스러웠고 주변 환경에 지나치게 예민했으며 쉽게 지쳤다.

가장 쓸모없는 멤버였다는 뜻은 아니었다. 소미는 팀에서 가장 사교성과 친화력이 좋은 멤버였다. 누군가는 팀을 대표해 대중을 상대해야 했다. 그 때문에 가장 대중의 사랑을 받는 멤버도, 역풍 때문에 가장 힘들어하는 멤버도 소미였는데, 결국 각자 가장 잘하는 일을 하는 것뿐이었다. 미라솔이 팀을 이끌고, 지나가 팀의 정서적 기둥 역할을 하고, 현호와 현민 쌍둥이가 팀의 폭력적인 에너지를 책임지는 것처럼.

무엇보다 소미의 예민함과 그에 따른 힘의 불안전성은 글로우가 휘두르는 중요한 무기였다. 소미가 있었기 때문에 글로우 특유의 예측 불가능한 공격과 대응이 가능했다. 중요한 전투일수록 미라솔은 소미의 비중을 늘렸다. 그 때문에 대중의 눈에는 소미가 실제 이상으로 강력해 보였고 글로우는 그 오해를 방치했다. 하지만 이 환상을 유지하려면 누군가가 반드시 뒤에서 소미를 중요한 정밀 기계라도 되는 것처럼 방어해야 했다.

스무 명이 넘는 길드 패거리가 소미 혼자에게 달려들 때는 그런 방어막이 존재할 수 없었다.

소미는 이 난처한 상황에서 빠져나가려고 최선을 다했고 거의 성공할 뻔했다. 지형지물을 이용해 최대한 혼란을 일으켰고 패거리들의 힘을 역이용했으며 미래가 보았다면 흐뭇한 미소를 지으며 박수 쳤을 정도로 모두의 허를 찌르는 완벽한 탈출로를 확보했다. 브라바, 소미, 브라바.

그런 운이 5초만 더 이어졌다면 좋았을 것이다.

소미는 뻥 뚫린 천장을 응시하며 눈의 초점을 맞추려 노력

했지만 실패했다. 팔다리를 움직이는 것도, 흐릿한 생각을 정리하는 것도 불가능했다. 글로우의 정소미는 결박되지도 않은 채 그냥 대치동 옛 K-포스 건물 1층에 로비에 누워 있었다. 대치동 백발마녀가 죽기 전에 뚫은 14겹의 별 모양 구멍을 통해 회색 구름과 별들을 바라보며.

ECO-12였다. 엘리 러더퍼드 일당들이 알파 히어로들의 능력을 억제하기 위해 발명한 신약이었다. 그건 소미의 목에 그 약물을 주사한 누군가가 회사 사람이라는 뜻이었다. 그리고 이런 정교한 공격이 가능한 건 훈련된 베타들이다.

힘없이 키들거리는 소리가 여기저기에서 들렸다. 고개를 돌릴 수 없어 얼굴들을 볼 수 없었다. 하지만 가래침을 바닥에 탁 탁 뱉어대며 굵직한 목소리로 웅얼거리는 남자는 누군지 알 것 같았다. 몇 분 전에 소미가 마지막 남은 구슬로 그 남자의 왼쪽 정강뼈를 박살 냈다.

어제 내린 비로 만들어진 물웅덩이가 구두에 밟혀 내는 철 퍽하는 소리가 들렸다. 소미의 시야 안에 익숙한 역삼각형의 얼굴이 들어왔다.

"정신이 들어?"

맥이 물었다.

"언제부터 그런 재주를 익힌 거야?"

소미가 말했다.

"꽤 됐어. 몸이 변하면 새 기술을 익혀야 한다고 미래 누나가 늘 말하지 않았나? 게다가 내 정확도는 알파였을 때도 나쁘지 않았거든."

맥은 손에 들고 있던 작은 다트를 소미의 얼굴 위에 띄웠다. 다트는 말벌처럼 가볍게 떨면서 허공에 잠시 머물다가 잽싸게 맥의 손아귀 속으로 사라졌다.

소미는 눈을 감았고 잠시 정신을 잃었다.

다시 의식을 되찾았을 때 눈앞의 얼굴은 세 개로 늘어나 있었다. 맥, 완우, 찬휘. 찬휘 등 뒤에서는 아까까지 침을 뱉어대던 남자가 질러대는 비명 소리가 들렸다. 그동안 무슨 일이 일어났는지 별로 알고 싶지 않았다.

"여기에 대해서는 어떻게 알았어? 너네 팬픽 작가들이 알려줬냐?"

맥이 물었다.

"아니, 그렇… 그렇지 않아."

소미는 대답했다.

"그럼 어떻게 여기 온 거야?"

소미는 힘없이 웃었다.

"팬픽을 해독했다고 할까."

너무 피곤해서 더 이상의 설명이 불가능했다. 델피의 작가들이 쓴 팬픽을 연달아 읽다가 빈 구멍을 찾아냈고 거기에 대치

233

동 옛 건물을 끼워 넣으면 그럴싸하게 맞아떨어질 거라고 생각했다는 설명을 자세히 풀이하기엔 혀와 뇌에 너무 힘이 없었다. 그 설명이 과연 맞는지도 확신할 수 없었고 지금 소미를 내려다보고 있는 아퀼라 삼인방이 계속 언급하는 비밀이라는 게 무엇인지도 알 수 없었다.

소미는 그냥 운 나쁘게 대치동을 지나가다 여기로 들어와 봉변을 당한 것이다. 그게 전부였다.

문이 열리는 소리가 들렸다. 소미는 힘겹게 고개를 돌렸다. 비싸 보이지만 전혀 어울리지 않는 갈색 코트를 입은 남자가 검은 양복 차림의 보디가드 네 명과 함께 로비로 들어오고 있었다. 길드 패거리들은 부상자들을 끌고 열린 문으로 퇴장했다. 갈색 코트를 입은 남자는 보디가드 하나가 끌고 온 접이식 의자에 앉아 소미를 내려다보았다.

"생각보다 빨리 알아냈네. 하지만 왜 혼자 온 거야?"

소미는 얼굴을 찡그렸다. 일단 다들 소미가 '알아냈다고' 생각하는 게 뭔지 여전히 알 수 없었고 무엇보다 저 흐리멍덩하기 짝이 없는 얼굴은 도저히 구분이 불가능했다.

소미가 이번 챕터가 끝날 때까지 알아내지 못할 남자의 이름은 박시호였다. K-포스에서 10년 가까이 꽤 높은 직책에 있었던 양반이다. 소미가 자기를 단번에 알아볼 거라고 생각할 정도로 높은 위치. 같은 엘리베이터를 탔을 때에는 인사도 몇 번 받았을 것이다. 하지만 소미는 회장 주변을 날벌레처럼 감싸고 있던 그 중년 남자들의 얼굴을 단 한 번도 구별한 적이 없었고 그럴 생각도 없었다. 그들은 그냥 얼굴 없는 날파리로 존재했다. 실제로 날파리는 K-포스 회사의 실무자들이 그들을 부르는 별명이기도 했다.

그들 상당수는 회장과 함께 불타 죽었다. 전날 숙취로 몸이 좋지 않아 일찍 퇴근한 박시호는 운이 좋아 살아남았다. 하지만 K-포스엔 더이상 날파리들의 자리가 없었다. 죽은 회장은 이제 보호막이 되어줄 수 없었다. LK의 용돈을 받는 스파이라는 게 발각된다면 더더욱 그랬다.

"다른 멤버들은 안 보여요. 그리고 미라솔은 미래 누나와 골프장 기지에 있는 게 분명해요."

찬휘가 말했다.

"케네스 리가 이미 눈치를 챘을 거야. 걔들이 거기서부터 여기까지 날아오는 데에 얼마나 걸리지?"

어이없지만, 소미도 흐릿한 머리를 굴려가며 그 시간을 계산해보았다. 선셋 리지 골프 리조트에서 대치동 빌딩까지는 직선으로 80킬로미터 정도다. 글로우 팀은 마하 1.8까지 도달한 적 있었다. 멤버 모두가 비행 능력이 있었기에 가능한 속도였다. 물론 가감속에 들어가는 시간도 있고 다른 변수도 있지만 이 정도 거리라면….

주변 소음이 웅웅거리며 점점 커져갔다. 소리 대부분은 찬휘와 박시호가 내고 있었다. 박시호의 목소리에는 통제력을 잃은 어른 남자의 짜증이 느껴졌다.

대충 분위기를 이해할 수 있었다. 한자경은 미래 언니와 맞서기 위해 저 남자랑 손을 잡았다. 둘은 대치동 옛 K-포스 건물 지하실(다른 어디겠는가?)에서 뭔가 일을 꾸미고 있다. 하지만 알 수 없는 이유로 한자경은 보이지 않았고 남자와 (병규와 성후가 죽고 산주와 아미르가 탈퇴한 뒤로 6인조가 된) 아퀼라는 잘 어울리지 못했다. 그리고 맥이 베타가 된 뒤로 아퀼라의 주도권이 찬휘에게 넘어간 것이 분명했다. 아퀼라는 늘 그랬다. 가장 센 놈이 리더가 된다. 지난 몇 년 동안 사려 깊은 고요가 그 '가장 센 놈'이었던 건 아퀼라에게 행운이었다. 하지만 지금의 아퀼라는 고요의 죽음을 약함의 증거로 보고 있음이 분명했다. 그들에겐 찬휘가 썩 마음에 드는 리더일 것이다. 그리고 소미가 아는 찬휘는….

주변 소음이 점점 커져가고 있었다. 대부분 박시호의 목소리였다. 슬슬 자기 지위만으로 젊은 애를 누르는 게 힘들어졌다는 걸 눈치챈 모양이었다. 고함 소리에는 불안한 떨림이 섞여 있었다. 반대로 찬휘의 차분한 목소리는 단호하고 냉정했다. 단지 그들이 무슨 이야기를 하는 건지는 여전히 알아들을 수가 없었다. 특히 박시호는 거의 모든 단어들을 '거기'와 '그거'

로 치환해 말하고 있었다. "거기 그거 있잖아. 거기 있었던 그 거. 너네들이랑 걔들이 가져온 그거."

두 남자가 떠들어대는 동안, 소미는 필사적으로 정신과 몸을 깨우려고 노력했다. 손가락 끝에 힘이 들어갔고 시야가 뚜렷해졌다. 벽에 붙어 나풀거리는 실오라기를 염동력으로 떼어보았다. 성공하자 이번에는 바닥에 뒹굴고 있는 볼펜을 밀었다. 정신과 근육뿐만 아니라 소미 주변의 염력장이 조금씩 에너지를 얻어갔다.

소미는 염력으로 주변의 염력장을 건드리며 상황을 파악해갔다. 보디가드 한 명은 알파고, 나머지는 베타. 모두 알파의 간섭을 막는 특수 제작 권총을 갖고 있다. 길드 패거리는 전부 건물 바깥으로 쫓겨났다. 로비 안의 여덟 남자 중 알파가 세 명이고 나머지 한 명이 철저하게 무력하며 무엇보다 저들이 한편이 아니라면? 도박을 할 수 있을 것 같았다.

정신은 충분히 맑아졌다. 근육엔 아직 힘이 돌아오지 않았지만 상관없다. 얼마든지 염력으로 보조하면 되니까.

소미는 날아올랐다. 손가락 까딱하지 않고 오직 염력으로만 몸을 띄웠다. 주변 남자들이 반응하기 전에 소미의 몸은 나사처럼 한 바퀴 반을 회전하며 날다가 박시호 뒤에 서 있던 베타 보디가드를 밀쳤다. 남자의 홀스터 속 권총이 뽑혀져 나와 손 안으로 들어갔다. 소미는 권총을 박시호의 뒤통수에 들이댔다.

"모두 물러나."

소미가 말했다. 아직도 후들거리는 다리를 염력으로 붙잡으며.

보디가드 네 명은 뒤로 물러났다. 맥은 별 감흥이 느껴지지 않는 얼굴로 바닥을 내려다보고 있었다. 완우는 지시를 기다리는 듯 찬휘의 옆얼굴을 바라봤다. 천천히 껌뻑이는 찬휘의 눈은 소미와 박시호의 얼굴을 느릿느릿 오갔다.

박시호는 고함을 질러댔다. 하지만 그 대부분은 너, 저년, 그거, 저거, 당장의 무작위한 조합이라 아무도 그 의미에 신경 쓰지 않았다. 소미는 아직 얼굴도, 이름도 기억나지 않는 남자의 몸을 뒤로 잡아끌면서 조금씩 뒷걸음질 쳤다.

"넌 못 죽여."

찬휘가 말했다.

"왜 그렇게 생각해? 너나 나나 기껏해야 홍보가 잘된 살인자일 뿐인데. 내가 정말 방아쇠를 못 당길 것 같아?"

"아니, 그 뜻이 아니야. 너에겐 그럴 기회가 없다는 거지."

소미가 그 뜻을 이해하는 데에는 0.5초 정도 걸렸다. 박시호에게는 더 오랜 시간이 걸렸다. 아니, 제대로 이해할 시간이 있었는지도 모르겠다. 찬휘의 말이 채 끝나기도 전에 박시호의 몸은 찢어지는 비명 소리와 함께 뒤틀렸다. 희미하게 척추뼈가 밑에서부터 딱딱 끊어지는 소리가 들렸다. 소미가 염력을 풀자, 마지막으로 목뼈가 부러진 남자는 툭 소리를 내며 끈 풀린 인형처럼 바닥에 자빠졌다.

찬휘의 이죽거리는 목소리가 시체 위에 떠돌았다.

"술배 찌우는 것밖에 할 줄 아는 게 없으면서 말은 많아요."

보디가드들은 달아났다. 이해가 갔다. 저들에겐 이제 할 일이 없었다. 길드 조직원 몇 명이 밖에서 로비 유리문을 통해 상황을 지켜보고 있었지만 아직은 들어와 이 상황의 일부가 될 생각은 없는 것 같았다.

상황이 조금씩 정리가 됐다. 지하실에 무언가가 있고 찬휘는 그걸 없애려고 한다. 방금 죽은 갈색 코트를 입은 남자(어디서 본 거 같은데 누구지?)는 그 무언가를 자기네 이익을 위해 이용하려고 했다. 양쪽 모두 소미가 자기네 계획에 방해가 된다고 생각했다. 그럼 그게 뭐겠어.

"있잖아. 나는 여기서 무슨 일이 일어나고 있는지 진짜 몰랐다."

소미는 염력으로 박시호의 시체를 앞으로 굴리며 말했다.

"나에겐 이론이 하나 있었어. 대치동 백발마녀가 죽기 전에 여기를 때려 부수는 데에 그렇게 집착했다면 뭔가 이유가 있었을 거라는 거지. 그게 우리 이야기에서 온전하게 설명되지 않은 체호프의 총이라고 생각했어."

"체호프의 총? 너넨 아직까지 그 청소부 아줌마 팬픽에 뭐가

239

있다고 믿는 거야? 그리고 백발마녀는 그냥 미친년이었어. 미쳤고 예뻤고. 그게 전부였어. 그 여자의 행동에 대단한 의미나 이유 따위가 있을 리가. 백발마녀가 여길 부수고 자폭한 건 순전히 우리가 여기에 있었기 때문이야."

"아니면 내가 옛 적수를 소중하게 기억하는 전통적인 습관에 빠져 있는지도 모르지. 로마 역사가들이 한니발을 예찬하고, 일본 해군이 이순신을 숭상하고, 영국인들이 그레이스 오맬리를 경애하는 것처럼. 하지만 정말 상관이 없었을까?"

"지금 여기에 있는 건 백발마녀와 아무 상관 없어!"

"지하실의 연구시설은 백발마녀가 여길 때려 부수기 전에도 있었어. 백발마녀는 분명 여기에 대해 알고 있었을 거야. 아, 그래, 관련 없을 수도 있겠지. 중요한 건 지하실에 지금 뭔가가 있다는 거 아니겠어? 도대체 그게 뭔데?"

"곧 없어질 것."

찬휘가 손가락을 튕겨 딱 소리를 냈다. 로비 문이 열리고 길드 패거리들이 우르르 몰려들었다. 소미는 지하실로 이어지는 통로들을 확인했다. 엘리베이터 통로는 막혔고 아래로 내려갈 수 있는 곳은 작동을 멈춘 에스컬레이터와 주차장과 연결된 화재 비상계단이다.

패거리들은 에스컬레이터로 내려가고 있었다. 그들은 바다로 뛰어드는 레밍 무리 같았다. 무언가가 그 집단의식을 조종하고 있었고 찬휘는 그 흐름을 이용하고 있을 뿐이었다. 아퀼라가 어떻게 저 무리를 설득했는지 궁금했다. 저것들은 자기네가 소모품으로 이용되고 있다는 걸 정말 몰랐을까? 아니, 저렇게 길드 패거리들을 처분하는 것도 아퀼라의 목표였을 수도 있어. 아퀼라와 알파 악당의 관계가 다른 무언가가 될 수는 없었다.

갑자기 칼날이 여섯 개 달린 금속 조각이 회전하며 소미에게 날아들었다. 소미는 코끝에 닿기 직전에 그것을 방어막으로 튕겨냈다. 무리에서 이탈한 여섯 명이 소미 쪽으로 달려들고 있었다. 글로우 멤버를 처치해서 이름을 날리고 싶다는 욕망이 집단의식을 이겨낸 것이다. 짜증 나는 건 그게 성공할 수도 있다는 것이었다. 백발마녀가 뚫은 14겹 구멍들을 올려다보았다. 아직까지 비행은 무리야. 차라리 직접 맞서는 게 나았다. 소미는 한숨을 내쉬고 방어막을 회오리로 돌렸다. 에너지를 가장 적게 쓰면서 방어와 공격 모두를 할 수 있는 첫 수였다. 서미래 4번.

요란한 소리가 나면서 갑자기 위가 어두워졌다. 순식간에 여섯 명 중 다섯 명이 바둑알처럼 튕겨 나갔고 다른 한 명은 엉덩방아를 찧고 뒤로 미끄러져갔다. 어떻게 된 일인지 확인하려고개를 들 필요도 없었다.

현호와 현민 자매가 수호천사처럼 하강하고 있었다.

4.

소미와 쌍둥이들은 단 한 번도 서로를 친한 친구라고 생각한 적이 없었다. 사이가 나쁘거나 그런 건 아니었지만 그렇게 성격이 잘 맞는 편도 아니었다. 소미의 감정 과잉과 자기중심적 사고방식은 어떤 사람들에겐 매력적일 수 있겠지만 자매들에겐 솔직히 피곤했다. 무엇보다 아무리 세상이 뒤집혔다고 해도, 한국 혈통이 부계 쪽으로 8분의 1밖에 들어 있지 않은 시골 마을 출신인 자매와 친일파, 군사 정권 부역자 조상들이 근친상간스러운 결혼을 통해 돗자리처럼 엮여 있는 특권 계급 집안 공주님과 어울리는 건 쉽지 않았다. 결국 세 사람은 같이 지내면서 모두가 편안해질 수 있는 안전거리를 확보했다.

하지만 그런 애매한 관계 속에서도 현호와 현민 쌍둥이는 종종 소미에게 강렬한 소유욕을 느꼈다. 그건 팀 안에서 세 사람의 포지션과 연결되어 있었다. 소미가 마법 공주처럼 화려한 필살기를 선보일 때는 누군가가 소미를 보호해야 했다. 지나와 마리솔도 그 역할을 맡았지만 거의 동일한 능력을 가진 쌍둥이 자매가 번갈아가며 소미에게 방어막을 칠 때의 그 현란한 재미가 따로 있었다. 여전히 사람들의 시선을 받는 건 소미였지만 사실 세 사람의 역할은 동등했으며 오로지 그 조합만으로 가능한 공격 방식이 있었다. 그 즐거움을 느끼려면 소미가 꼭 필요했다.

자매 사이에 끼면서 소미는 천천히 에너지를 회복해갔다. 세 사람은 서미래 4번을 유지하며 아직도 겁 없이 달려드는 알파 악당들을 튕겨냈다.

"어떻게 벌써 온 거야?"

소미가 물었다.

"근처에 있었거든. LK 본사가 수상해서 조사하고 있었어."

현호가 대답했다.

"뭐가 수상했는데?"

"거기 이사들 몇 명이 며칠째 실종 상태야. 이기정이랑 그쪽 라인 아저씨들."

"저 사람도 그중 한 명이야?"

소미가 가리키는 시체를 흘낏 쳐다본 현민은 고개를 저었다.

"저 사람은 날파리잖아. LK 스파이질 하다가 미래 언니에게 발각되어서 쫓겨났던. 넌 어떻게 그것도 모르니?"

"이름이 뭔데?"

"그건 모르지만 날파리라는 건 알지."

공격이 멎었다. 그건 여섯 명 중 두 명은 달아났고 두 명은 회복 불가능한 증상을 입어 죽음을 앞두고 있었고 두 명은 죽었다는 뜻이었다. 배트맨처럼 죽이지 않고 악당들을 제압하는 방법은 따위는 없었다.

"이제 뭐 하지?"

현민이 두피가 보일 정도로 짧게 깎은 머리를 문지르며 말했다. 쌍둥이는 언제나 구별을 위해 다른 헤어스타일을 하고 있었지만, 이번 것은 일주일 전 전투의 흔적이었다. 골프장으로 침입해 들어온 일산의 주먹 패거리를 몰아내다가 발화자의 공격을 받아 머리 절반이 타버렸던 것이다.

이젠 뭐 하지. 글로우 팀은 보통 이런 고민을 하지 않았다. 얼마 전까지만 해도 해야 할 일, 싸워야 할 적들은 늘 단순하고 선명했다. 하지만 지금은 모든 게 진흙탕처럼 지저분했다.

"너희도 알고 있을 거 같지만, LK는 여기 지하실에 뭔가를 숨겨놨어."

소미가 말했다.

"프로스페로와 관련된 뭔가야. 아퀼라는 지금 그걸 파괴하려 하고 있고. 지원군이 올 때까지 그 무언가를 지켜야 해."

세 사람은 방어막을 접고 에스컬레이터로 달려갔다. 지하 1층은 식당 층이었고 지하 2, 3층은 주차장이었다. 그 밑에는 창고와 실험용으로 썼던 지하 4층에 있었다. '그 뭔가'는 거기에 있을 것이다.

그리고 그곳에서는 비명 소리가 올라오고 있었다.

소미는 몸을 띄워 아래로 날아가기 시작했다. 현호와 현민이 방어막을 만들면서 그 뒤를 따라 날았다. 아래로 내려갈수록 익숙한 냄새가 났다. 초산처럼 시큼하고 역한 그 냄새는 회오

244

리치는 열기와 함께 위로 올라오고 있었다.

시체 괴물이었다.

거대한 시체 괴물의 파도가 지하 4층을 휩쓸고 있었다. 3분의 1 정도는 쥐나 비둘기의 시체 같았다. 나머지는 사람 몸이었다. 끊임없이 붙었다 떨어졌다를 반복하는 저 시체 조각의 숫자를 세는 건 별 의미가 없어 보였다. 저들은 언제든지 세 개나, 네 개로 분열될 수 있었고 지금 저 상태에서도 전체 파도의 일부였다. 그리고 공격을 받아 찢어진 길드 멤버들의 몸은 괴물의 일부로 흡수되어갔다.

안은 소미와 쌍둥이들이 기억하는 것보다 훨씬 넓고 깊었다. 그리고 그 공간의 양쪽은 하수도로 이어지고 있었다. 아치형 금속 지지대가 군데군데 벽과 천장을 지탱하고 있었다.

혼란의 중심 안에는 유리와 금속으로 만들어진 반구가 있었다. 시체 괴물의 파도가 뱀처럼 주변을 휘감고 있었다. 찬휘와 완우는 박쥐처럼 날아다니며 빈틈을 찾아 괴물을 공격하고 있었다. 연기 너머로 아퀼라의 나머지 멤버인 윤기, 신후, 재호도 보였다. 시체 괴물이 으르렁거리는 곳에서 같은 회사 팀을 만났으니 몇 달 전이라면 그들이 반가웠을 상황이었다. 하지만 그 뒤로 세상은 완전히 뒤집혔다.

소미와 쌍둥이는 삼각형을 이루며 사방에서 공격하고 있는 아퀼라 사이로 날아들어 천천히 회전했다. 옛 동료들의 얼굴을

245

똑바로 볼 수 있을 정도로 느리지만 공격에 혼란을 줄 수 있을 정도로는 빠르게.

"비켜."

찬휘가 말했다.

"아니, 우린 잠시 이 상태로 있을 거야."

소미가 말했다.

"도대체 너네들이 뭘 하는지 알고는 있는 거야?"

"아마 저 안에 프로스페로의 알이거나 유충이 있겠지."

선셋 리지 골프 리조트에서 벌어진 토론에 대해 알고 있는 현호가 대답했다.

"맞아. LK에서는 그 날파리가 안산 연구소에서 빼돌린 정보를 이용해 그 알 주머니의 위치를 알아냈어. 한자경은 우릴 보내 그것들을 꺼내 오게 했지. LK와 한자경은 그것들을 부화시켜 연구하고 이용하려고 했어. 그건 인류에 대한 배반이지. 우리가 그걸 내버려둘 수는 없잖아? 그것들은 파괴되어야 해."

"너네들 혹시 자경 언니를 어떻게 한 거야?"

소미가 물었다.

찬휘는 어깨를 으쓱했다.

"그럴 필요도 없었어. 지금 우린 누구의 지시도 받지 않아. 그게 중요하지. 그리고 우린 우리 자유의지로 저것들을 파괴할 거야."

소미는 고개를 저었다.

"그건 네 자유의지가 아니야. 너는 지금까지 너네들을 끌고 온 이야기에 복종하고 있는 거야. 어떤 상황에서건 아퀼라가 정의의 편에 선 이야기. 하지만 아퀼라가 정말 그랬던 적이 있었어? 지난 몇 년 동안 아퀼라 안에서 무슨 일이 일어났는지 생각해봐."

"우린 실수를 해. 사람이니까. 하지만 큰 그림 안에선 여전히 우리가 옳아. 우린 악으로부터 세계를 지켜왔어. 모든 게 그렇게 단순해."

쌍둥이에겐 먹히지 않는 대답이었다. 현호와 현민은 알파 악당들이 평범한 사람들로부터 그렇게 쉽게 분리되는 부류가 아니라는 걸 알았다. 일단 서미래가 적절한 순간에 개입하지 않았다면, 쌍둥이 자신이 어딘가 알파 악당 길드 안에서 소모품 보병으로 굴러다니다가 아퀼라 같은 알파 히어로에게 맞아 죽었을 가능성이 컸다. 쌍둥이 주변 알파들은 회사에 들어가 정의의 용사 노릇 할 기회를 쉽게 잡지 못했다. 과연 걔들이 악당이 되고 싶어서 됐겠어? 이 코믹북 유니버스에선 선택의 여지가 없었다. 아미르도 그걸 알고 있었다. 아퀼라가 그 애를 끝끝내 받아들이지 못한 것도 그 때문이겠지. 아니, 아미르 자신이 아퀼라의 다른 멤버들이 공유하는 그 단순한 환상을 견뎌내지 못했을 것이다.

찬휘와 소미의 대화가 점점 짧아지고 날카로워졌다. 말로 하는 싸움이 끝나가고 있었다. 현호와 현민은 소미가 슬슬 뽑아내는 불안하고 변덕스러운 에너지를 휘감으며 그 긴장감이 만들어내는 쾌감에 몸을 맡겼다.

찬휘의 고함과 함께 전투가 시작됐다. 아퀼라 전원, 글로우세 명, 그리고 그동안 잠시 잠잠했던 시체 괴물들이 뒤섞인 난장판이었다. 아퀼라의 공격 패턴은 교과서에 실려도 좋을 정도로 모범적이었다. 완벽한 역할 분배, 완벽한 리듬, 완벽한 테크닉. 그리고 그건 시체 괴물과 같은 영혼 없는 상대에겐 완벽하게 맞았다. 단지 이미 아퀼라의 패턴에 익숙해져 있고 불꽃처럼 혼란스러운 글로우는 늘 그 공격에서 아슬아슬하게 빠져나왔다. 현호와 현민이 캔디 공격을 시작한 뒤로 글로우에 대한 공격은 더 힘들어졌다. 글로우에게 캔디는 공격용이기도 했지만 시선 돌리기용이기도 했다. 캔디들이 현란하게 폭발하는 동안 글로우는 늘 보이지 않지만 더 치명적인 공격을 시도하고 있었다. 지금까지도 글로우의 이런 공격은 제대로 분석되지 않았다.

하지만 그럼에도 불구하고 이건 아퀼라에게 유리한 전투였다. 아퀼라의 제1차 타깃은 글로우나 시체 괴물이 아니었고 반구는 계속 회복 불가능한 타격을 입고 있었다. 유리는 금이 가거나 깨졌고 금속 골격은 휘어져갔다.

이제 외부에서 공격을 방해하는 것만으로는 반구를 지킬 수 없었다. 세 사람은 캔디 공격으로 시체 괴물들의 흐름을 끊고 길을 만든 뒤 반구 안으로 들어갔다.

반구 안에는 중년 남자 시체 네 구가 엎어져 있었다. 세 명은 정장 차림과 나이로 보아 실종된 LK의 임원들 같았다. 다른 한 명은 이곳에서 일했던 엔지니어처럼 보였다. 시체들은 모두 사후 경직이 시작되고 있었다. 위에서 죽은 남자는 밑에서 무슨 일이 일어나고 있는지 알았을까? 현민이 시체 하나를 뒤집었다. 왼쪽 눈에 작은 다트가 박혀 있었다. 맥이 소미를 기절시킬 때 썼던 것과 같은 것이었다. 단지 저 다트 안에 든 약물은 조금 다른 종류였겠지.

반구 안에는 다른 게 없었다. 가운데에 난 둥근 입구를 제외하면. 이 반구 전체가 그 구멍을 보호하기 위해 만들어진 것이었다.

점점 반구는 허물어지고 있었다. 세 사람은 손을 잡고 보호막에 모든 에너지를 보냈다. 현호는 시간을 확인했다. 스물, 열아홉, 열여덟, 열일곱….

숫자가 넷에 도달하자 로비 천장이 무너지고 미라솔이 나타났다.

'미라솔의 등장'은 이미 고정된 표현이었다. 사람들은 엄청난 것, 끝내주는 것을 가리킬 때 그 표현을 썼다. 그리고 이런 것들이 대부분 그렇듯 처음에는 그보다 정교한 의미를 담고 있었다. 눈을 통해 보는 것과 실제 일어나는 일이 제대로 연결되지 않는 아주 이상하고 대단하고 무서운 것.

미라솔의 등장을 보았을 때 다른 무언가를 생각하는 건 불가능했다. 어떻게 저 작고 여린 몸과 그 몸의 주인이 발산하는 거대한 파괴력을 연결할 수 있을까. "작은 라디오에서 흘러나오는 바흐의 오라토리오 같지 않아?" 켄은 종종 이야기하곤 했다.

모든 힘은 각자 써야 할 타이밍이 있다. '미라솔의 등장'이 이렇게 일찍 시작되었다는 것은 글로우의 전투가 아주 짧고 더럽고 격렬할 것임을 의미했다.

5.

미라솔은 완전히 파괴된 반구 위에 떠서 지하 연구실을 내려다보았다. 시체 괴물들은 절반 정도는 불타 죽었고 나머지는 수백 마리로 쪼개져 꿈틀거리고 있었다. 위에서는 드론들이 구별 가능한 인간 머리를 세고 있었다. 그중 상당수는 오늘 죽어 시체 괴물의 일부가 된 길드 멤버들의 것이었다.

위에서 벽이 허물어지는 소리가 들렸다. 옛 K-포스 건물은 이번 소동으로 완전히 붕괴된 게 분명했다.

미라솔은 반구 중앙의 구멍으로 날아 내려갔다. 소미와 쌍둥이, 지나가 뒤를 따랐다.

밑은 동심원을 그리는 겹겹의 복도로 구성되어 있었다. 복도 바닥에는 길게 이어지는 핏자국이 나 있었고 그 끝에는 힘겹게 기어가는 찬휘가 있었다. 미라솔은 찬휘 앞에 쪼그리고 앉았다.

"완우는?"

찬휘가 물었다.

"죽었어."

미라솔이 대답했다.

"어떻게?"

"나도 잘 몰라. 잘린 머리는 시체 괴물이 된 거 같아. 드론들이 머리를 찾고 있어."

찬휘는 피를 뱉으며 신음했다.

"배신자."

미라솔은 고개를 저었다.

"맥은 해야 할 일을 한 것뿐이야. 불필요한 싸움을 멈추고 팀의 인명 손실을 줄이는 것. 네가 제대로 된 리더였다면 해야 했을 일."

"배신자."

"그래, 지금 내가 널 설득해서 뭐 하겠니."

미라솔은 주머니에서 다트 총을 꺼내 찬휘의 목을 겨누고

쏘았다. 찬휘는 꿈틀거리더니 잠잠해졌다. 쌍둥이는 찬휘의 의식 잃은 몸을 복도 구석으로 옮기고 의료 드론을 불렀다.

글로우 멤버들은 천천히 어두운 복도를 걸었다. 무작위적으로 달아놓은 것 같은 문을 다섯 개 열고 동심원에서 빠져나왔다.

마지막 문을 열자 원형의 밝은 방이 있었다.

그곳에는 하얀 옷을 입은 한자경이 아까 부서진 반구의 축소판처럼 보이는 것 위에 쪼그리고 앉아 있었다.

"머리가 이상해."

한자경이 말했다.

"누구 머리가요?"

미라솔이 물었다.

"모두가. 네가 발을 꺼내지 않았다면."

한자경은 얼굴을 찡그리며 혀를 내밀었다.

"모두가 흔들려. 하늘이 깨졌어. 꺼져. 네가 뭐래도. 아직은. 내일은."

"왜 저러는 거예요?"

미라솔이 폰으로 미래와 켄에게 물었다.

"아직 죽지 않은 프로스페로의 어미에게 뇌가 장악된 것 같아. 잠깐 기다려. 우리가 곧 갈게."

미래가 말했다.

글로우 멤버들은 한자경 주변에 둥글게 원을 그리며 섰다.

그리고 아직 정리되지 않은 이 모든 혼돈에서 의미와 논리를 찾으려고 노력했다. 하지만 아마 그건 불가능하겠지. 미라솔은 생각했다. 혼돈의 진정한 의미는 혼돈뿐이다. 거기서 읽히는 모든 의미는 거짓이야.

잠시 뒤 문이 열리고 미래와 켄이 들어왔다. 켄이 쌍둥이의 도움을 받아 멍한 눈의 한자경을 반구 위에서 내렸다. 미래와 지나는 반구를 여는 자물쇠를 찾았다. 자물쇠는 안에서 잠겨 있었다. 오로지 한자경이나 서미래와 같은 숙련된 베타만이 열 수 있는.

미래는 손가락을 휘저어 자물쇠를 열었다.

안에는 지름 2미터의 하얀 둥지가 있었다. 그리고 그 안에는 입과 항문이 달린 갈색 원통들이 꿈틀거리고 있었다. 둥글게 벌어진 입에는 날카로운 이빨들이 나 있었다. 몇몇은 같은 둥지의 다른 원통을 이빨로 물려다가 뒤로 물러나기를 반복하고 있었다.

그때 미라솔은 뒤에서 나는 가벼운 발자국 소리를 들었다.

뒤를 돌아보니 세니가 서 있었다. 나이를 알 수 없는 얼굴을 한, 하얀 옷을 입은 세니의 유령이었다.

미라솔만이 보는 환각이 아니었다. 다른 글로우 멤버들, 미래, 켄 모두가 같은 방향을 응시하고 있었다.

"배가 고픈 거야."

세니가 말했다.

"뭘 먹여야 하지?"

미래가 물었다.

"한자경이 아기들을 위한 식량을 개발하려고 했어. 하지만 굳이 그럴 필요가 있었을까. 시체 괴물에게 감염되지 않은 신선한 지구 동물 고기면 충분해."

잠시 머리를 굴리던 소미가 외쳤다.

"위에 하나 있어요!"

소미는 문을 열고 달려 나갔고 잠시 뒤 쿵쿵거리는 소리와 함께 다시 돌아왔다. 로비에서 죽어 있던 박시호의 시체를 염력으로 끌고. 지나와 쌍둥이가 시체의 옷에 불을 질렀고 잠시 뒤 투실투실하고 하얀 나체가 드러났다. 켄은 재를 털고 시체를 둥지에 눕혔다. 잠시 뒤 원통들은 탐욕스럽게 입을 올리면서 박시호의 몸 속으로 파고 들어갔다.

"이제 어떻게 되는 거지?"

미래가 물었다.

"기다려야지. 저 몸들은 서서히 자라날 거고 지금까지 사방에 흩어져 있던 아기들의 정신에게 집이 되어줄 거야. 아기들은 이제 진짜 육체가 주는 진짜 욕망에 기반을 두고 생각하게 되겠지. 그리고 언젠가 지구인들과 의미 있는 대화를 시작할 거야. 지구 만화책에 감염된 유령이 아닌 주체적인 외계 종족으로서."

세니의 유령은 희미한 미소를 지었다.

"너희를 부르고 싶었어. 너희 도움이 필요했어. 하지만 너희를 상대할 수 있을 만한 맨정신이 아닐까 봐 두려웠어."

"저, 저 정말, 너, 너는 윤세니가 맞아?"

켄이 물었다. 글로우 멤버들은 켄이 이렇게 처절하게 무력해진 것을 처음 보았다. 지금까지 근육 위에 두르고 있던 심리적 방어막이 완전히 붕괴된 것 같았다.

"잘 모르겠어."

세니의 유령이 말했다.

"하지만 나는 윤세니의 기억을 갖고 있어. 나는 나에 대한 너희들의 사랑을 기억해. 불운한 한국 이름을 가진 케네스 리, 그리고 서미래. 나는 우리가 연주했던 스카를라티의 소나타들을, 내 손가락 위에 놀리던 건반의 감촉을 기억해. 내가 생각만큼 윤세니가 아니더라도 내 기억과 감정이 너희에게 의미가 있는 것이었으면 좋겠어."

유령은 사라졌다. 마치 필름이 딱 끊겼다 이어진 것처럼 아무 흔적도 없이.

켄은 주저앉아 울기 시작했다. 그 감정의 폭발이 저 덩치 큰 남자의 몸 안에서 저렇게 당연해 보일 거라고는 아무도 생각하지 못했다. 미래는 켄보다는 침착함을 유지하고 있었지만,

완전히 성공하지는 못했다. 오직 지나만이 미래의 왼쪽 눈에서 눈물 한 방울이 굴러 떨어지는 것을 잡아냈다.

"구조까지는 사흘 정도 걸릴 거래요."

지금까지 폰을 붙들고 있던 소미가 말했다.

"추가 붕괴가 있을지도 모르니 염력을 써서 나올 생각은 꿈도 꾸지 말래요. 그동안 우리가 먹고 마실 것이 있을까요?"

"실험용 증류수가 냉장고에 있어. 그리고 아마 비상용 건빵이 있을지도 몰라."

미래가 멍한 목소리로 말했다.

다른 사람들이 증류수 병을 하나씩 챙기는 동안 쌍둥이 자매는 잽싸게 건빵 수색에 나섰다. 그리고 5분 뒤 건빵이 아닌 다른 것을 갖고 왔다. 고등어 무늬가 있는 작은 회색 새끼 고양이였다. 그것은 현민의 손안에서 시끄럽게 울고 있었다.

"도대체 걔는 어디서 찾았어?"

소미가 물었다.

"무너진 하수도 벽 밑에서. 어미는 없는 것 같았어. 길을 잃고 여기까지 왔다가 갇혔나 봐."

소미는 바닥에 굴러다니고 있던 페트리 접시에 증류수를 따랐다. 현민의 손에서 내려온 고양이는 잠시 주저하다 물을 몇 번 핥더니 다시 울기 시작했다. 현민은 고양이를 다시 들어 올려 머리를 쓰다듬었다.

"암컷인 것 같아. 졸망이라고 부르자."

"종말이?"

소미가 물었다.

"졸망이. 올망졸망할 때 졸망이. 귀엽지? 어울리지 않아?"

"그렇다면 전에 올망이도 있었단 말이야?"

현민은 소미의 질문에 대답하지 않았다.

글로우 멤버들이 하나씩 고양이 주변에 몰려들어 순서대로 머리를 쓰다듬는 동안 미래는 아직도 바닥에 주저앉은 켄을 일으켜 세웠다. 두 사람은 가장자리에 놓인 소파의 먼지를 털고 앉아 둥지 안에서 꿈틀거리는 박시호의 시체와 귀찮게 쨱쨱거리는 새끼 고양이를 번갈아 바라보았다. 우린 저 아기들에게 미래를 주었어. 그 미래가 과연 어디로 이어질 수 있을까. 정유영의 팬픽은 그 미래까지 커버할 수 있을까. 아니, 아니 오늘 이후로 그 사람의 팬픽은 뭔가 다른 것이 될 수도 있지 않을까.

한자경이 네발로 기어 미래에게 달려왔다. 머리를 미래의 정강이에 문지르고 징징거렸다.

"천장, 아직 어깨가 밟히는 녹차, 꽃이야. 꽃을 보고 싶어."

"그래, 그렇겠지."

미래가 대답했다.

끝.

257

작가의 말

2014년 8월, 김보영 작가로부터 슈퍼히어로 주제 앤솔러지에 참여하지 않겠냐는 제안을 받았다. 나는 그때 이미 『아직은 신이 아니야』라는 제목의 초능력 소재 연작 단편집을 낸 적이 있었지만, 이 기회에 조금 다른 이야기를 할 수 있을 거라는 생각이 들었다.

당시 나는 불면증에 시달리며 〈에이핑크 뉴스〉를 몰아보고 있었다. 그 프로그램에서 카메라가 막 데뷔한 팀의 무대를 모니터하는 스태프들을 보여주며 "우리는 한 팀입니다"라는 자막을 내보낼 때 아이디어가 떠올랐다. 슈퍼히어로를 일종의 아이돌로 그리자. 그리고 그 뒤에서 뛰는 스태프를 주인공으로 삼자. 엄청나게 신선한 설정은 아니지만 적어도 시작점은 될 것 같았다.

그 결과 나온 것이 『이웃집 슈퍼히어로』에 실린 「아퀼라의 그림자」다. 당시 이 단편은 스탠드 얼론이었고 그 이야기 속 세계를 확장할 생각은 없었다. 지금도 그 단편은 열린 결말이 가장 잘 어울리는 것 같다. 하지만 「마지막 테스트」, 「캘리번」, 「아레나」가 이어지면서 세계가 조금씩 넓어져갔다. 그러면서 스태프를 주인공으로 한다는 기본 아이디어에서 멀어져갔다. 이야기의 흐름을 억지로 막을 필요는 없다.

「아퀼라의 그림자」는 내가 슈퍼히어로, 초능력을 소재로 쓴 네 번째 책이다. 첫 번째 책인 『아직은 신이 아니야』가 당시에 지나치게 많이 나왔던 슈퍼히어로 영화의 공식을 비판적으로 뒤집어보자는 의도로 쓰인 걸 생각하면 너무 많이 쓴 구석이 있다. 하지만 이건 내가 어쩔 수 있는 일은 아닌 듯하다.

시리즈를 매듭짓는 마지막 단편을 쓰는 동안, 나는 현실 세계가 내 이야기 속으로 자꾸 침범한다는 느낌을 받았다. 혼란을 피하기 위해 분명히 해두자. 이 이야기에 나오는 인물, 단체, 사건 들은 모두 허구이며 유사점이 있다면 우연의 결과이다. 적어도 「모두가 세니를 사랑했다」까지는 그렇다. 「글로우의 영광」은 좀 자신이 없지만 그래도 피하려고 노력은 했다.

2025년 1월 2일
듀나

아릴라의 그림자

© 듀나, 2025

지은이 듀나	1판 1쇄 인쇄
펴낸이 한기호	2025년 2월 3일
책임편집 도은숙	1판 1쇄 발행
편집 정안나, 유태선, 김현구, 김혜경	2025년 2월 13일
마케팅 윤수연	
디자인 studio.fractal.kr@gmail.com	
경영지원 국순근	

펴낸곳 요다
출판등록 2017년 9월 5일 제2017-000238호
주소 04029 서울시 마포구 동교로 12안길 14 삼성빌딩 A동 2층
전화 02-336-5675 팩스 02-337-5347
이메일 kpm@kpm21.co.kr

ISBN 979-11-90749-84-8 (04810)
　　　979-11-89099-32-9 (세트)

이 책을 후원해주신 분들

강모호, 강은교, 구한나리, 구한나리, 권정민, 권현우, 김강, 김민서, 김보영, 김상애, 김수인, 김종원, 김지원, 김현영, 김홍준(KOFA), 김효석, 꼬꼬댁, 나원영, 마나파이, 마법고냥이, 만두, 망고도서위원, 박영은, 박종임, 박토르, 박해수, 백ㅇ경, 서보익, 송민서, 송유진, 스튜디오 문페이즈, 심완선, 쏘주최애 김민선, 아오우, 아키카, 알비레오, 야구모자J, 우민수, 위대한FC서울, 유령선, 유령캠프, 윤도원, 윤희, 이 히, 이규연, 이길, 이다은, 이대우, 이동식, 이지용, 이채연, 이채원, 이해인, 정(씨)직원, 정보근, 정성욱, 정아름, 정유진, 정재은, 조성용, 조승모, 쥬연슾갱소다, 진비독, 차경, 차정신, 최민지, 최일주, 춘자고, 콧물요정, 태엽, 태훈, 하봉식, 하성희, 한세희, 한재형, elyasion, fysh, Godong, jinjoo, Pena, Rudora, scifi 외 20명.